COLLECTION
L'IMAGINAIRE

Bernard Noël

Le château de Cène

suivi de

Le château de Hors

L'outrage aux mots

La pornographie

Gallimard

Bernard Noël consacre son temps à l'écriture depuis 1971. Il a publié trois autres romans : *Les premiers mots* (1973), *Le 19 octobre 1977* (1979), chez Flammarion, et *Portrait du monde* (1988), chez P.O.L. Les Éditions Gallimard publieront de lui, en 1993, *André Masson*, un essai illustré, et *La chute des temps* dans la collection Poésie.

Le château de Cène

à Pierre Morion

Et la déesse m'accueillit avec bienveillance, prit ma main droite dans sa main, et m'adressa la parole en ces termes : ô jeune homme, toi qu'accompagnent d'immortels cochers, toi qui, avec ces cavales qui t'emportent, atteins notre demeure, salut. Ce n'est certes en rien un sort funeste qui t'a mis sur cette route (car elle est à l'écart du sentier des hommes), mais la justice et le droit. Or il faut que tu sois instruit de tout, du cœur sans tremblement de la vérité, sphère accomplie, mais aussi de ce qu'ont en vue les mortels, où l'on ne peut se fier à rien de vrai. Mais oui, apprends aussi comment la diversité qui fait montre d'elle-même devait déployer une présence digne d'être reçue, étendant son règne à travers toutes choses.

PARMÉNIDE

CHAPITRE PREMIER

La lune émergeait de la mer : c'était la vieille lune que la brume vêtait mi de soie noire et mi de blanche. Je me souviens. Nous entrions dans le port et quelqu'un dit :

– Diane est encore veuve, et ses dévots s'essoufflent à honorer tantôt la fidèle et tantôt la changeante.

Je me souviens. Une lumière froide baignait le sommet de la colline, qui couronne la ville. Tous les yeux étaient tournés vers là, et nul ne vit sans doute le brusque et passager dédoublement de la face du disque, et comment le sourire transparent de Diane découvrit le rire noir d'Hécate. Là-haut, les maisons blanches étaient des dents.

Le lendemain, je quittai la ville et marchai vers le désert, qui occupe le centre et l'est de l'île. J'espérais y rencontrer l'un de ces vestiges qui mettent la science en défaut et ne parlent qu'à l'imagination – vestiges fréquents dans cet archipel de l'Atlantique Sud, dont le peuplement échappe à l'histoire. Il ne s'agissait d'ailleurs pour moi que d'aller jusqu'au bout de ma mémoire : je rêvais de l'œuf blanc du désert au pied duquel l'ombre est salée comme la solitude. Et puis, au bout de tant de jours de marche, j'ai aperçu, tout près de l'autre mer, un rassemblement de maisons que ne mentionnent pas les cartes.

Ce village est bâti sur les pentes d'un amphithéâtre dont les épaulements rocheux le masquaient aux corsaires. Une seule pancarte de bois, clouée sur le pilier sacré qui marquait la frontière du côté des hauteurs, indique le nom de ce lieu écarté – nom gravé profondément au fer : *Matopecado.*

Lier connaissance avec les indigènes est assez difficile : ils vous reçoivent, vous observent, vous parlent, mais n'acceptent guère qu'on franchisse la distance. Mon naturel dut pourtant les convaincre de mes bonnes dispositions, et vers le soir je me trouvai locataire d'une maison, ou plutôt d'une pièce longue et basse dont les murs paraissaient taillés à même le roc, et dont le toit de pierres plates ne se différenciait guère de la noirceur de la falaise. J'avais là simplement une table et un lit, mais l'éternité bouillait au fond du ciel, et la source était fraîche.

Les pêcheurs acceptèrent bientôt de me voir partager leurs expéditions nocturnes, et j'appris à goûter en silence le vin âcre des volcans qu'on gardait au frais dans la vague. Je me souviens. J'allais parfois dans la montagne quand la lumière est au ras des pierres et que ses rayons semblent tirer, comme un filet, la surface de la mer ; j'allais chasser, et mon gibier faisait lever un sourire amical sur le visage des hommes de la pêche. Et nous buvions autour des feux jusqu'à ce que la braise et la lune devinssent noires. Et la part d'ombre, qui nous gardait étrangers les uns aux autres, se diluait alors dans la grande nuit élémentaire.

Il arrivait cependant que les moins bourrus de ces

gens m'évitassent à certains jours, et je rentrais alors chez moi bien décidé à ne brusquer en rien leur écartement. Un de leurs vieillards m'avait dit :

– Il n'y a rien à apprendre : il n'y a qu'à guetter et à grandir.

Un soir, où pareille disposition m'avait poussé dans ma retraite, j'entendis soudain une musique dont l'étrangeté même me parut aussitôt un appel. Je suivis la rue transversale et atteignis l'épaulement qui me cachait la mer. La musique venait d'en haut : d'une grande terrasse parmi les chênes-lièges. Et là, faisant cercle, tout le village était rassemblé. (Je ne remarquai pas d'abord que la foule formait en réalité deux demi-cercles opposant les hommes et les femmes.) L'océan, au pied de la falaise, semblait une plaine de métal.

La musique venait du groupe des vieillards, qui occupait le centre du demi-cercle des hommes. Les instruments n'étaient que de grands coquillages sur lesquels on avait tendu des cordes ou des peaux. De temps à autre, une flûte leur répondait chez les femmes. Quand j'apparus, il y eut un flottement, comme si passaient un souffle d'attente, puis un d'angoisse, puis de curiosité. Un instant, quelque chose dans mon corps perçut un danger, mais à peine en pris-je conscience que la chose était déjà passée. Un vieillard me désigna ma place, et j'allai aussitôt m'accroupir parmi les jeunes gens, qui composaient l'une des extrémités du croissant masculin, et qui se poussèrent pour m'accueillir.

Comment dire le rythme auquel obéissait l'assemblée puisque je m'y suis soumis d'instinct? Ou plutôt non. Je me souviens. C'était au fond de moi comme une mer d'ombre, d'où la musique tirait une marée, qui soulevait tantôt mes membres, tantôt ma langue ou mon corps tout entier. J'étais très loin ou très profond, là où l'habitude n'est plus qu'une peau morte depuis longtemps tombée, et où le corps retrouve le contact avec la race unique.

D'abord, il n'y eut que cette musique : charnelle, insinuante, et qui me traversait jusqu'aux os – musique jaillissant de ces grandes calebasses marines, tantôt en roulements, tantôt en crissements. La flûte répondait par cris déchirants, toujours inattendus, et qui faisaient frémir toute l'assistance. Il ne s'agissait pas d'*écouter*, encore moins d'observer, mais seulement de se laisser tomber en soi-même : d'être la mer profonde d'où le cri brusquement arrache un jet de vie.

A quel moment alluma-t-on le feu? Et pourquoi? Je ne sais. Déjà mes gestes ne m'appartenaient plus; déjà mes mains tremblaient et s'agitaient autour de mes épaules, au sommet de mes tempes. La nuit rougit. Toutes les mains des hommes dansaient à l'égal des miennes, tandis que les femmes demeuraient immobiles, figées comme des statues blanches. La nuit rougit plus haut. Les cris de la flûte devinrent plus fréquents, plus aigus. La danse de nos mains s'accéléra. Un sifflement jaillit de ma gorge – de nos gorges –, et je me sentis dressé par le souffle qui, très profondément, prenait appui sur le ventre et armait mon corps.

Un cri encore, et de chaque extrémité du croissant féminin deux jeunes filles s'avancèrent. Au premier moment, ce ne furent que deux formes élancées parmi les flammes rouges; deux formes qui se tordaient dans le crépitement des aiguilles de pin et les volées d'étincelles. Le halètement de nos gorges s'accéléra au milieu du roulement sourd des coquilles à musique; nos mains devinrent plus vite et nos bustes, lentement, allèrent de droite à gauche, de gauche à droite.

Les jeunes filles, maintenant, battaient le sol de leurs talons; leurs épaules, encore immobiles, dominées par l'abrupt du menton pointé raide. Le feu montait à mesure qu'augmentait la vitesse des talons, mais, soudain, un cri figea toute la scène, et nos mains demeurèrent tendues.

Dans le silence brusque, un vieillard se dressa et, la tête tournée vers l'est, il commença de psalmodier une litanie dont je n'ai rien retenu. Autour de moi, je sentais les corps vibrer au vent des mots; et moi qui ne savais pas, je vibrais aussi à cette mélopée dont mes nerfs s'agaçaient non sans plaisir. Quand la voix s'arrêta, la nuit posa sur nous une présence douce que presque aussitôt un cri jeté par toutes les femmes déchira. Le vieillard lança sur le feu une poignée de sel, puis une brassée nouvelle de branches d'eucalyptus, et tandis que les flammes léchaient en crépitant la plaie ouverte dans la nuit par leur propre jaillissement, une femme émergea de la forêt des chênes. Elle était nue.

Belle à mourir : quelqu'une vous a-t-elle un jour arraché ces mots? L'absolu marchait vers nous enveloppé d'une chevelure rousse; il avait un visage à réveiller les dieux et des seins qui mettaient de l'intelligence dans nos mains. Le triangle bouclé était le point de gravité de ce corps, que chaque pas rendait plus admirable, car sa démarche accentuait sa grâce en l'accordant à l'air, à la nuit. La beauté à ce comble est à la fois si vive et si entière qu'elle se propage : soudain le monde change, ou bien l'œil voit le fond, et l'harmonie n'est plus un mot.

L'arrivante fit le tour du brasier, se nimbant d'une rougeur qui rendit plus bouleversants la cambrure des reins et le globe épanoui des fesses, au-dessous duquel quelques boucles se laissaient deviner. Puis, avec toujours la même grâce lente, elle gagna, à l'opposé du point par lequel elle avait fait son entrée, l'espace où, vers l'ouest, le demi-cercle des hommes rejoignait celui des femmes. Elle s'assit un peu en avant de ce lieu où se fermait la ronde, et les deux jeunes filles qui avaient dansé vinrent se placer de part et d'autre d'elle.

La musique reprit : sourde, grave, roulant des râles rauques, et l'angoisse, tout à coup, devint insupportable. Mon regard venait de s'inverser, trouant la tête, trouant le corps, vidant la moelle de mon dos, et la nuit s'engouffrait dans ce trou, et j'avais peur de la cataracte d'images qui, suivant le flot des ténèbres, dévalait la pente de mes os et m'emplissait d'un tourbillon. Tant de visages, tant de gestes : poissons noyés montrant leur ventre au fil du temps. Et la mort – la mort, là-bas, sous l'arche...

La flûte jeta un cri terrible; mes yeux revirent la nuit tropicale, et je fus debout avant de l'avoir commandé à mon corps : la main de la Beauté venait de se tendre dans ma direction. Le vieillard qui, tout à l'heure, avait parlé s'approcha de moi :

– Tu as voulu être des nôtres? dit-il.

Je fis signe que oui.

– Tu as voulu être des nôtres, et elle t'a désigné. Son regard étincela.

– Elle t'a désigné... Comprends-tu?

J'étais pétrifié. Peur, étonnement, interrogation, gêne, perplexité, espoir, attente, je ne sais. Le vieillard cria encore :

– Elle t'a désigné.

L'assemblée rompit son cercle et tous les villageois, un

à un, vinrent rapidement m'examiner. Leurs yeux, pourtant, ne reflétaient aucune curiosité, rien qu'une sombre décision à laquelle j'associais deux mots contradictoires en y percevant une bonté inexorable.

La Beauté ne bougea pas, ni ses suivantes pendant le mouvement général des autres.

Quand le défilé eut pris fin, hommes et femmes se rangèrent face à face sur deux rangs. Puis le vieillard parla :

– Qui croit obéir à son propre désir n'obéit qu'au désir, à travers lui, de l'espèce. Il faut dépouiller le moi ; il faut mettre à nu l'élan de l'espèce.

Il me désigna et continua :

– Ceci est Son corps – le corps de Son désir.

Puis ne s'adressant qu'à moi :

– La nuit nouvelle va succéder à la nuit ancienne, le mois nouveau va chasser le mois ancien... Tu es le corps, tu vas épouser la lune nouvelle.

Deux hommes sortirent de la nuit, les bras chargés de verges qu'ils disposèrent en deux tas bien distincts près du feu. Les musiciens allèrent déposer leurs instruments à la lisière de la forêt sur des claies de feuillages. Le vieillard fit un geste vers les femmes, et trois d'entre elles, les plus vieilles, vinrent vers moi. Aussitôt, elles entreprirent de me déshabiller, et moi, l'esprit paralysé, je les regardais faire comme si, déjà, j'étais devenu un autre.

Avec précaution, elles dégagèrent mon sexe, et quand ce dernier parut, la flûte déchira l'air à petits cris aigus.

Les suivantes se levèrent alors ; elles firent le tour du brasier, s'approchèrent, soulevèrent leurs ruisselantes chevelures et vinrent en baigner mes épaules et mon ventre, longuement. Plus tard, l'une s'agenouilla, et sa langue, cherchant le trajet de mes nerfs, fit surgir sous ma peau devenue transparente un arbre à vif. Puis, à l'instant même où la violence de la caresse arquait mon corps, la jeune suivante se déroba soudain et s'enfuit vers la forêt. Je fus à l'instant de la suivre mais un regard du vieillard me cloua sur place :

– Ce qui est passé est passé, dit-il.

Il fit un geste, et tous les membres de l'assistance allèrent prendre une verge dans les fagots déposés près du feu : les femmes dans l'un, les hommes dans l'autre. Ensuite, chacun reprit place, et les deux rangs se reformèrent.

Trois vieillards vinrent alors flanquer la suivante qui, près de moi, était demeurée inactive ; sur un nouveau geste du meneur de la cérémonie, ils commencèrent à dévêtir son corps gracile, dont la pâleur embuait la grâce.

– La lune nouvelle est vierge, déclara l'un des déshabilleurs en pointant un index stupide vers le pubis découvert, tandis que ses deux acolytes partaient d'un rire qui s'enfla jusqu'à ce que le meneur y mît fin comme sur un point d'orgue. La lune nouvelle est timide, ajouta-t-il pendant que la jeune suivante s'enfuyait en plaquant sur le haut de ses cuisses une main maladroite.

Sur un ordre, elle revint se placer entre les trois vieillards qui la menèrent à l'une des extrémités du double cordon d'hommes et de femmes, cependant que le meneur me conduisait à l'opposé en disant :

– Tu vas aller vers la lune nouvelle, mais prends garde : l'heure est plus longue que tu ne penses. L'heure ne nous obéit pas. Il faut la traverser avec patience. Si tu cours, le temps qu'elle contient s'enfuira, et tu ne le retrouveras plus jamais. Ni toi-même.

Je voulais comprendre. Je comprenais. Je me voyais comprendre. La forme blanche de la suivante était allongée à une cinquantaine de mètres devant moi, au bout de la double rangée d'hommes et de femmes. Mon sort ne me posait plus aucun problème : je franchirais le temps.

Un premier pas me porta en avant; aussitôt, de chaque côté, les verges me cinglèrent. Mon corps se crispa, voulut bondir : je le retins et fis un autre pas. Les coups reprirent. Je voyais les deux longues haies humaines onduler devant moi : c'étaient deux haies de gestes sans visage entre lesquels l'air se brouillait. Et, pas à pas, j'avançais dans ce brouillard sifflant. Les verges flexibles épousaient à chaque coup toutes mes courbes et y allumaient de longues brûlures. Une sueur froide dégoulinait pourtant le long de mon dos. Bizarrement, je ne voyais plus rien car mon regard, qui venait d'éclater vers l'intérieur, faisait dans mon corps une large traînée d'or au bout de laquelle mon sexe était épanoui : toute ma faculté de voir bandait royalement au-dessus de mes couilles gonflées; et je portais cela devant moi, je le portais triomphalement sous les coups de baguettes qui, de plus en plus précis, mordaient ma chair autour du membre raide, et parfois l'enflammaient d'un coup sec. Ce bras terrible, qui émergeait de moi, me tirait en avant avec une force irrésistible et sûre. Alors, tandis que mon sang commençait de couler en épaisses rigoles, je vis mon regard intérieur se gainer de rouge – d'épais nuages rouges, et la terre trembla, et je sentis la nudité de mes os.

Dans un éclair, il me sembla que la distance à parcourir touchait à sa fin, mais les coups redoublèrent, et je ne sus plus rien. J'essayai de remonter dans ma tête;

j'essayai de fixer en moi une image précise, mais on aurait dit que mon corps perdait, et que ma vie entière s'enfuyait. Je me souviens. Un matin d'enfance a coulé soudain dans ma gorge. L'odeur de l'herbe m'a saoulé, une seconde, et le piaillement d'un moineau que j'élevais en cachette dans le grenier. Et puis, les coups ont cueilli tout cela, et il n'est resté que la douleur – la douleur de savoir que je n'en finissais pas de finir : plaie toujours vive mais avivée encore par les coups ailleurs que sous leur directe blessure.

Et puis, très brusquement, tout changea, car je me souvins que, d'avance, j'avais accepté ce qui m'arrivait – et tout ce qui pouvait m'arriver. Alors, j'allai au-devant des coups avec la volonté d'épuiser le possible, et le feu qu'ils allumaient sur ma peau, j'en fis ma force. Et tout flamba, car j'étais rompu de partout : mes fesses, mon ventre, ma poitrine étaient rongés, pénétrés, fouillés. Je n'avais plus de peau. J'étais porté au bout de moi-même. J'assistais à ma fin, puisqu'il fallait que, moi aussi, je devienne nouveau. Ce qui me brisait me remodelait, et la douleur se métamorphosait en amour. J'aimais, j'aimais la nuit nouvelle et la lune montante et le tressaillement de mon grand arbre d'os. Sur lui, comme un lierre tout blanc, mes nerfs tremblaient au souffle de la chasseresse, dont je savais maintenant la présence toute proche. A l'instant où la flamme se renversa, l'autre flamme s'alluma, et la mort me rouvrit les yeux.

Il y avait un silence palpable. Il y avait devant moi la lune vierge, dont la pâleur marquée de noir s'écartelait. La flûte cria; mon souffle retrouva son assise. Mon sexe se tendit vers sa cible, que l'ombre de la toison rendait pareille à l'âme de la nuit, et malgré moi je hurlai, car l'axe du monde à cet instant me traversa.

Un bond, alors, me jeta vers la lune nouvelle. Mon sexe se baigna dans l'humidité de ses lèvres, mes mains prirent ses seins, ma bouche sa bouche, et nous commençâmes de tomber à travers la nuit, cependant que mon pilier de chair recevait un hommage de sang vierge, qui fuma sur mes couilles. Mon sexe, ayant forcé l'entrée, courait entre les parois palpitantes pour atteindre le fond de la gaine douce. On faisait cercle autour de nous ; on était suspendu au rythme de notre souffle. Peau à peau, j'adhérais à la lune nouvelle, la fécondais du terreau brunâtre de mes blessures tandis que son sang neuf huilait notre rencontre. De temps à autre, je retirais mon sexe rouge pour qu'on le voie saillir entre nos jambes, puis se précipiter, ressortir et se précipiter encore. La nuit, où nous coulions, accrochait à nos os des mystères que le vent de notre course suffisait à résoudre. Il y eut comme un trou d'air, une chute dans la chute, mais à cet instant, je sentis qu'on m'enlevait : des mains m'avaient saisi aux épaules et aux jambes, et je fus arraché. Enfin, on me retourna, et soulevé à bout de bras, je vis le ciel contre moi et le lait de ma semence y jaillit, si bien que la lune nouvelle put glisser vers le sommet de la nuit et y ouvrir un trou doré.

– *Matopecado*, cria la foule.

CHAPITRE DEUXIÈME

Qui m'avait ramené? Il me semble avoir roulé contre le ciel avant que la dernière écume de la nuit m'ait porté en travers de mon seuil. Mais non, j'étais couché dans mon lit, et la lune nouvelle me regardait en souriant. Quand nos yeux se rencontrèrent, elle se détourna pour prendre un gobelet qu'elle me tendit – et la nuit aussitôt revint et me reprit.

J'allais, la vague était forte et sa crête portait, j'allais vers une île qui était comme une haute table posée sur la mer. La vague me coucha à son pied, et je vis la falaise, puis de nouveau le ciel, à moins que l'à-pic de la falaise n'ait été comme un ciel vertical. Je me souviens. J'ai tendu les bras et ouvert les mains, et quelque chose de très doux a coulé le long de chaque doigt, goutte à goutte. Ce sont les restes, pensais-je, mais les restes de quoi? fut une question qui immédiatement me réveilla.

– Comment t'appelles-tu? demandai-je.

– Emma, répondit la jeune lune.

Et cette fois encore elle se détourna pour aller chercher quelque chose. Je fermai les yeux. Quand je les rouvris, Emma était revenue sans bruit près de moi, et déjà sa main oignait mon épaule. Je vis alors que j'étais toujours nu, et elle aussi.

– Pourquoi es-tu nue?

– Je ne sais pas, dit-elle.

Je l'attirai à moi, et elle se laissa faire avec naturel, mais sa douceur, qui me touchait, fut moins vive que mon désir tout à coup de lui parler.

– Le difficile, dis-je. Le difficile, c'est de ne pas avoir de souvenir, d'être en avance sur sa mémoire. On se demande de quel côté l'on est...

– Oui, fit-elle, c'est l'ombre blanche.

– Pourquoi dis-tu cela?

– Je ne sais pas.

Elle me regarda de tout près, mais il n'y avait rien dans son œil que de l'abandon. Et sa chaleur me devint présente, longuement. Mais je voulus parler encore, parler peut-être pour tout le temps où j'étais resté sans parole. Cependant, à l'instant où mes lèvres s'entrouvraient, elle me coupa :

– Quelquefois, dit-elle, je vois des mots... Alors, je les dis.

Je restai à la regarder. Puis, je m'entêtai :

– Le difficile, dis-je, c'est d'avoir fait quelque chose, tiens, ouvert une porte, et l'on s'aperçoit qu'il n'y avait pas de porte, et pourtant on l'a ouverte...

– Tu es presque guéri, dit-elle. Je t'aime.

Doucement, elle sortit de mes bras, et la pointe de son sein, au passage, caressa mon épaule. Elle se dressa sur le lit, se posa en face de moi, s'accroupit, me regarda. Et soudain, elle se renversa et ses deux mains firent couronne à son sexe pour me l'offrir. La fente, par la pression des mains, bâillait légèrement.

– Viens sur moi, dit-elle.

J'obéis, et je sentis les mots que je ne dirais pas me rentrer dans la gorge.

Mais déjà la verdeur d'Emma agaçait ma peau, c'était un plaisir qui, aussitôt, me rendit fou. Elle me regardait avec un sourire chaviré qui mettait sur son visage une lumière sourde. Je me souviens. Je suis sur elle et je me penche et me repenche lentement pour buter contre les pointes de ses seins. Elle glisse sous moi, car sa peau est infiniment lisse, et tel est le bonheur de ma propre peau et de mes mains. Nous sommes entre deux eaux, et je la laisse aller plus vite pour saisir son ventre au passage et y porter ma bouche. Elle nage éperdument, mais chacun de ses mouvements ne fait que presser l'ondulation de son ventre contre mes lèvres. Longtemps ainsi, longtemps continue la danse, et puis le long d'Emma je remonte et nous sommes corps à corps : la nuit du dedans s'enfuit alors en raclant nos dents.

Un matin, je suis neuf. Je sors, et le village tout entier est à ma porte. On me fête, mais silencieusement : c'est une lumière sur les visages. Le meneur s'avance et vient me serrer la main ; les autres approuvent ce geste d'un hochement de tête. Je ne suis plus un étranger. Bientôt, chacun s'en va à ses occupations après avoir déposé devant ma porte qui un œuf, qui un fromage, qui un fagot. Emma et moi nous amusons de ces richesses, et puis nous marchons vers la mer.

Et je fus à Emma, désormais. Je l'aimais tour à tour allongée dans l'eau, allongée sur la terre et debout dans l'air. Nous n'avions, me semble-t-il, d'autre activité que le plaisir – ou l'attente du plaisir.

En ce temps-là, j'oubliai le désert et l'au-delà d'une mémoire que je m'étais proposé de traverser dans la mienne. J'étais ici, rien qu'ici, c'est-à-dire tout occupé du corps d'Emma. Et maintenant, je cherche les mots qui pourraient me donner l'illusion de ce corps, de l'alternance en lui spontanée de la douceur et de la rage. Que sais-je encore? Simplement que le plaisir ne peut pas être un souvenir. Cependant, je me souviens. Et parfois ma langue sort de ma bouche pour lécher l'absence d'Emma. Je me souviens : Emma agrippe mon sexe et le pousse en elle. Plus tard, le jour s'est levé. Je regarde. Emma est tombée à la renverse vers le fond du lit : elle dort, une jambe jetée en travers de moi. Sa toison est raide et souillée. Du sperme dégorge de sa fente, et l'intérieur de ses cuisses est marqué de larges plaques blanches. Je me redresse et porte la main vers la chair gluante. La glaire couvre mes doigts et j'y aperçois un petit filet de sang. Je pousse : cela palpite, s'élargit, devient rouge et profond. Il y a une sorte de hoquet, et un trop-plein de foutre ruisselle sur le dos de ma main. J'observe comme cela dégouline lentement le long de mon poignet, et tandis que cela progresse, quelque chose d'étrange m'arrive – quelque chose que je ne saurais expliquer, car il n'y a que cela qui coule et une voix qui dit dans ma tête : la vie est transparente... la vie est transparente...

Ensuite, je ne sais plus rien ni du lieu, ni d'Emma, ni surtout de moi. Je tombe, et je me sens heureux. Mais naturellement, je veux bientôt savoir de nouveau – ou plutôt ressaisir mon savoir. Et je rame dans le temps, et je secrète des mots.

Des mots? Toujours les mêmes bien sûr, mais le sexe et son mouvement sont toujours les mêmes et toujours différents. La parole, elle aussi, a sa salive. Des mots qui disent, qui ne disent pas, qui sont finalement autre chose que la mémoire, car ils en arrivent bientôt à produire une image qui n'est pas le souvenir, mais le commencement de la *répétition*. Je me souviens. Tu me parles. Tu es assise sur tes talons comme là-bas toutes les femmes. Tu as sur ton visage cette buée de lumière dont je me souviens davantage encore que de ton visage. Mais non, mon sexe est dressé devant toi, et c'est à lui qu'ainsi assise et nue tu parles, avec un bruit d'expiration qui fait que chaque mot agonise longuement entre tes dents :

– Mon savouret mon babel mon doigt mon félon mon agu mon niquet ma noirette mon plant mon alouvi mon braquet mon léchart mon jobelet mon chevillon ma dardèle mon pileret ma putie mon rapineux ma quintaine mon régiment mon grippart mon méchant mon trapu mon roietel ma pointure mon palis mon orphelin mon luiton mon maschefaim mon garlot mon belet mon arami mon digart mon randon mon pilot mon braquet mon musart mon taupin mon falchon mon matinet mon peaussu ma chenole mon devinel mon badelaire ma reiderie mon coquenil mon godel ma saquebote mon gabet mon frémillon mon cranequin mon barbel...

Je me souviens. C'est comme un cœur dans mon oreille. Mais peut-être ma langue cogne-t-elle seulement trop fort contre la cage de mes dents. Parfois, je suis tellement creux que tu y viens et que l'ombre crie grâce là-dedans. Alors, je tends la main, et il y a un peu d'or rouge parce qu'il va faire nuit. La chambre est un trou dans la pierre : un tombeau ouvert. Tu ne me parles plus. Ta buée aussi est devenue rouge. Si je soulève un peu la tête, je ne sais plus si je vois le ciel ou la mer.

Je me souviens. Nous sommes nus et allongés sur le drap blanc, et l'un et l'autre immobiles en attendant que la nuit vienne gommer le signe = dont nous formons le double trait. J'ai fermé les yeux, il y a longtemps. Je regarde les jours d'autrefois tomber comme des feuilles. Et le vent de cette chute tourne une à une mes sept peaux, et je vois des cellules chier dans mon sang, et je vois l'air prendre cette boue pour lui faire remonter ma gorge et la jeter dehors. Et il fait nuit.

– Douce, dis-je. Douce.

Tu ne réponds pas. Tu es noire. Alors ma main va, lentement va vers toi. Elle court un peu le long de ton flanc, puis tout à coup se précipite et escalade ta cuisse. Là, elle marque un temps d'arrêt, comme pour se faire oublier, puis elle glisse vers le ventre et noue ses doigts à la toison. Nouvel arrêt. Tu respires contre mes phalanges hautes. Tu attends et j'attends. L'une de tes mains est partie vers moi, en cachette. Je sens son approche. Je la fuis en cambrant mes reins. Sage, sage, murmures-tu. Et ta main me touche, grimpe tranquillement sur mon ventre, court vers la cuisse, retombe, se coule sous le pli de la fesse. Tu es là comme une ombre qu'on ne voit pas dans l'ombre, mais dont on sait qu'elle vous guette. Soudain je pense : je t'aime. Et ta main devient caressante tandis que la mienne, traversant tout le buisson bouclé, se laisse tomber le long des grandes lèvres, puis allonge doucement chacun de ses doigts pour couvrir tout le sexe. Écouter. Ne pas bouger. Attendre. Je vois des mille-pattes au fond de mon ventre, et leurs pattes deviennent les cils d'un gros œil rouge. Ta main est sous mes couilles. Ta main harde. Pas encore. Ne pas bander encore. Une bulle de silence se gonfle autour de nous. Tu fouilles mes fesses, et j'imagine que, moi aussi, j'ai là une grande bouche. Et toi, sous ma main, tu frémis, et des pouls fleurissent au bout de mes doigts pour répondre à tes palpitations. Emma, Emma, Emma, dis-je très vite, en sentant qu'une salive vient à tes grandes lèvres. Ton index me perce : je suis une bague de chair, que je serre et relâche pour qu'elle joue à ton doigt. Tu te cambres contre ma main devenue plus pesante, et sa pression suffit à t'ouvrir. Tu es une fente humide. Je t'aime. Je touche ton bouton, et tu gémis, et tu roules contre moi, et nos mains dérangées se perdent sur toute cette peau qui vient. La mienne alors, en passant près de mon visage, m'apporte ton odeur, et je veux te prendre à la nuque, je veux. Mais tu mords mon épaule, puis ma gorge. Je cherche ton sexe avec tous mes doigts. Tu les écartes, tu te dresses. J'ouvre les yeux pour surprendre ton geste, et je vois seulement que l'air de la pièce est devenu laiteux, et qu'à reculons tu nages vers moi. Tu flottes au-dessus de moi. Tu poses tes genoux aux creux de mes aisselles. Tu te penches. Tu promènes tes lèvres sur mon sexe, puis ta langue, puis ta bouche entrouverte. J'ai des yeux dans le ventre – des yeux qui voudraient rouler entre tes dents ; mais quand tes lèvres doucement m'enserrent, il y a un grand reflux à travers tout mon corps, comme si le fait que mon sexe se tendît renvoyait mon regard à sa place. Tes genoux serrent fort, et je ne déclos mes yeux que pour voir s'abaisser vers mon visage la motte où bâille la vallée douce. Et il y a ton odeur. Et je n'ouvre d'abord la bouche que pour manger cette odeur. Ma langue est tendue. La tienne glisse le long de la grosse veine. Je grandis. Je heurte ton palais. C'est moi, là-bas, qui remplis ta bouche ; mais c'est moi davantage ici, dans ma langue tendue, qui maintenant se pousse entre d'autres lèvres. Je suis un arc et toi la corde. Tu suces à présent toute la hampe, et moi, je lèche, je mordille. Et tu deviens terreuse et humide et profonde, et je parcours tout ton sillon. Je me souviens. Emma se déchaîne. Sa bouche descend, remonte, amoureux bracelet que mon membre remplit. A chaque mouvement vers le bas, le nez vient battre entre mes couilles et les seins contre mon ventre. J'aime. J'aime. Et la chère langue de ma maîtresse se noue au bourrelet du gland, et sa douce salive huile mon arme. Mon nez, cependant, s'est poussé au plus creux du sillon pendant que ma langue danse autour du raide petit bouton. L'anus se contracte à hauteur de mes yeux, puis fait la moue et laisse entrevoir derrière l'ourlet brun un filet de chair rose. J'aime. Tu aimes. Nous aimons. Emma fait tanguer ses hanches, dégorge sur mon nez un suc un peu amer, frotte contre mes lèvres enflées le fond de sa fente dans un tournoiement qui accompagne exactement la danse de ma bouche. Le tournoiement grandit. Les poils caressent tout mon visage. Je heurte le fond de la gorge à chaque glissement du bracelet vers le bas de la hampe. Les seins battent mon ventre, comme deux petits talons. Chaque saccade d'Emma dépose sur ma poitrine une moiteur qui irradie. Je baigne mon index dans le creux de la motte, l'enduis de l'odorant mélange de salive et de suc, puis, tandis que ma langue remonte tout le sillon, l'enfonce brusquement dans l'œillet dont la corolle cligne. Il y a un gémissement. Les mains d'Emma glissent sous mes fesses, les écartent, et son doigt me rend la pareille. Son ventre se couche sur ma poitrine. Nous tournons ensemble. Nous écrivons notre amour. La gravitation s'accélère dans le ciel vide. Là-bas, le point se rapproche. A l'intérieur de la moelle, une bouffée de blancheur descend. Les couilles brûlent. Dans un sursaut de volonté, je décolle ma bouche, retire mon sexe. Emma gémit, se plaint. Viens, viens! crie-t-elle. Je la jette en travers du lit, l'enjambe, la couvre, la poignarde jusqu'au fond. Silence. La lumière est sur son visage. Nous nous regardons. Nous n'avons plus de peau devant. Même chaleur, ma douce, même danse de la chair sur les os, même frémissement parmi les branches. La vie est si vive dans la tête que les yeux saillent. Silence... J'aime. Tu aimes. Nous aimons. Nos souffles s'approfondissent, se rythment, installent dans nos ventres la certitude d'être ensemble. Calme, calme. Lumière dans le duvet de ta joue. Tu souris. Tu m'invites. Tu sèmes à travers tout ton ventre les battements de ton cœur pour que les pulsations de la paroi affolent mon engin. Je te souris. Je me soulève. Je retire lentement ma queue de ton ventre. Je la regarde émerger. Puis, d'un mouvement que nous voulons inexorable, je l'enfonce dans ta conscience, la retire, l'enfonce plus loin. Tu vibres. Tu mouilles. Tu me gaines de longues palpitations. Je gonfle encore. Et j'admire, en le contemplant une nouvelle fois entre nos jambes, que tu aies fait pousser au bout de moi ce bras, cet os, à la racine duquel ballotte une double orange. Tu soulèves ton ventre à la rencontre de cette machine, tu l'enfournes, tu la déglutis, et je la regarde s'engloutir avec exaltation. Tu la retiens, pompant de toutes tes forces, serrant, battant, mais je manœuvre à l'envers et vois avec la même exaltation ma pine émerger centimètre par centimètre et découvrir sa tête. Mais tu refuses de dégorger l'engin, et tu pousses ta motte à sa poursuite. Je me souviens. Les racines des poils étaient pleines de bave. C'était une prairie sous l'eau, et ma pine pointée vers la bouche de la source, était gluante et fumait. Alors, j'eus le désir fou de me planter dans cette terre grasse, d'en être enduit, d'en avoir sur tout le corps les marques. Je pris les mains d'Emma, les plongeai l'une après l'autre dans la source, et j'en fis des pinceaux qui me bariolèrent à ses couleurs. Je me souviens... Je suis ton sauvage. Je viens de te clouer. Je danse. Tu fais beau con vers moi, et je te cloue encore. Va, va, dis-tu. Remplis mon trou à ras bord. N'y laisse rien que la place de toi, et l'envie de toi, l'envie d'être foutue par toi. J'enfile. Je plonge. Je cogne en toi jusqu'à faire trembler tes épaules. Et le choc de mes couilles contre ton cul m'exalte. Je t'aime. Je prends tes seins. Tu lances ton pubis si fort contre moi que j'ai mal. Tu griffes mon dos, ma nuque. Tu noues tes jambes à ma taille. Tu crispes ton vagin pour qu'il devienne la mâchoire qu'il rêve d'être. Tu te pends à mon cou, et moi, dressé sur mes genoux et sur mes mains, je te balance pour que tu marques le temps de notre passion. Je t'aime. Ta mâchoire m'encercle, et je ne sais plus qui bat d'elle ou de moi dans le flot de salive douce. Tu m'aimes. Tu ruisselles. Et je dis : suce-moi jusqu'à plus soif. Et je dis ou je pense : odeur du plaisir, je t'aime; fontaine du temps, je t'aime; source de l'imaginaire, je t'aime; trou du dépassement, je t'aime; couronne des pines, je t'aime. Tes talons battent mes fesses. Tu es le balancier d'une horloge folle. Ta bouche entre dans ma bouche pour que nos langues se battent entre nos dents. Je ne soutiens plus notre course que d'une main; l'autre, j'en cueille la liqueur qui dégouline de ton trou; puis, elle s'en va barbouiller nos lèvres; puis, je t'en frappe, je t'en fouette. Et, de rage, tu me serres plus fort, et le balancier va encore plus vite, cependant que je crie : Mange-moi. Et toi : Encore. Plus loin. Plus loin. Je ne suis plus que cet os rouge dans ta bouche. Et là-haut, il y a comme une longue fumée de cri entre tes dents; et là-bas, ta bouche molle se contracte. Te voici nouée, ô ma belle, nouée à mon arbre et prête pour la grande explosion. Mais le nœud demeure immobile et central pendant que jaillissent alentour tous nos membres et que, roulant au fond de la mémoire commune, nous partageons le même cri.

La nuit de juillet nous recouvrait de sa douceur, et pour ne point la troubler, l'océan ne froissait qu'à peine sa surface. Rien n'était plus urgent que la jeunesse et le bonheur, à perte de vie, car le bonheur rend inlassable la jeunesse, et bientôt nos corps se cherchaient de nouveau. Nous savions que, contrairement à l'ordre de la rhétorique, il ne s'agit pas d'épuiser *le sujet*, mais de le rendre inépuisable.

Un jour qu'ayant escaladé la falaise, nous étions revenus sur les lieux de notre première rencontre, je demandai à Emma ce que signifiait pour les gens du village la cérémonie au cours de laquelle je l'avais méritée.

– Il paraît que cette fête avait lieu autrefois à la nouvelle lune précédant chaque solstice et chaque équinoxe. La coutume n'a repris que depuis quelques années. Mais je n'en avais jamais entendu parler avant que le vieillard ne vienne demander à mes parents de me préparer à la cérémonie. Il a dit : la Dame l'a choisie. La Dame la veut. Je crois que mes parents avaient peur. Ils ont accepté sans discuter vraiment. Et toi, maintenant, tu ne leur déplais pas. Mon père dit : il aurait pu nous manger le cœur, mais c'est un homme.

Comme je ne savais rien de la fin de la cérémonie, j'aurais voulu qu'Emma me la décrivît.

– Je ne sais pas, dit-elle. Les vierges ne viennent ici que si elles sont choisies comme nouvelle lune. Il faut, disent les vieux, dépuceler la lune.

– Mais qui t'a choisie?

– La Dame. Je te l'ai dit.

– Quelle dame?

– Celle de l'île.

Jamais, je n'avais entendu parler de cette autre île. Je voulus savoir où elle était.

– Là-bas, fit Emma, en me montrant un point de l'horizon, situé juste en face de la terrasse. Il faut deux ou trois heures en barque. C'est une île très petite.

– Tu y es allée?

– Personne n'y va jamais. C'est interdit et les gens ont peur.

– Peur de qui?

– De la Dame.

– Mais qui est cette dame?

– Celle qui est arrivée toute nue.

En un éclair, je revis la Beauté. La chevelure. Le triangle. La démarche.

– Pourquoi les gens ont-ils peur?

– L'île est bien gardée. Il y a des chiens, des arabes, des nègres armés. Les marins disent que ceux qui y débarquent ne reviennent jamais.

– Tu en es sûre?

– On le dit.

– Et le village accepte ça? Il y a beaucoup d'hommes ici.

– La Dame est riche. Elle achète tout ce que les hommes récoltent en mer. Elle nous livre tout ce qui vient d'ailleurs. Il suffit de ne pas se mêler de ses affaires. C'est l'ordre.

– Et que fait-elle?

– Elle a un grand château au milieu de l'île.

– Et avant?

– Avant quoi?

– Avant que la Dame ne gouvernât ici.

– Je ne sais pas. La Dame est plus vieille que moi. Le village a toujours dépendu de l'île.

Il y avait une ombre derrière mes yeux. Je ne le sus pas d'abord, mais tout à coup je m'aperçus que je ne voyais plus Emma. Comme un aveugle, je tendis mes mains vers son visage, puis ma langue vers sa langue. L'ombre persista. Alors, sur elle, je ne fus plus que le fou de ma folie.

Ce soir-là, je laissai notre maison de pierre et le lit blanc pour descendre vers l'auberge et parler aux pêcheurs. Ils m'accueillirent en plaisantant :

– Emma est belle, pas vrai?

– Et quel plaisir, homme, rien qu'à vous voir!

J'offris à boire, et l'amitié devint expansive à mesure que se vidaient les bouteilles de vin noir. Enfin, quand je crus l'instant propice, je demandai :

– Quelle est cette île qu'on voit du haut de la falaise?

L'animation tomba brusquement. Les marins me regardèrent, se regardèrent; enfin l'un des plus vieux se décida :

– C'est l'île de la comtesse Mona. Tu lui as plu, puisqu'elle t'a désigné l'autre soir...

– Est-ce toujours elle qui choisit?

– Oui. Elle préside nos fêtes. C'est elle qui les a relancées, d'ailleurs. Le vieux Bastien, celui qui dirige, défendait bien la tradition, mais sans la comtesse, probable que nos pucelles garderaient leur trou bouché jusqu'au mariage.

– Et Mona? Est-elle d'ici?

– L'île était déjà à son père et au père de son père. Mais le vieux ne s'occupait guère de nous. La Mona nous paie mieux, mais il ne faut pas s'occuper de son île.

– Vous n'y allez jamais?

– Non. C'est interdit. Il y a des chiens et des nègres. Parfois, quand le vent vient du large, on entend gueuler ces bêtes d'enfer... Après tout, elle est chez elle!

– Personne n'y va jamais?

– Des amis à elle, qui arrivent de l'autre côté de la mer dans leurs yachts.

– Et si j'y allais, moi, dans son île?

– Elle a dit qu'il valait mieux pas.

– Elle a parlé de moi?

– Elle a dit qu'il valait mieux pas.

– Enfin quoi, elle ne me mangerait pas votre comtesse!

– Qui sait? fit le vieux.

Et, tout en réclamant à boire pour mettre fin à l'interrogatoire, il eut à mon adresse ce sourire mi de condescendance et mi de pitié qu'ont parfois les vieillards.

Dès lors, je n'eus plus qu'une idée : revoir Mona, visiter son île et son château. Bien que je prisse grand soin de ne pas démasquer ce désir, mon assiduité auprès d'Emma se ralentit. Je faisais silence en moi afin d'imaginer, ainsi devient-on voyant, mais qui fait confiance à ses propres visions?

Souvent, l'après-midi, je gagnais la terrasse. J'avais pu facilement me procurer une lunette, mais si elle rapprocha l'île, elle ne m'apprit rien. Il m'arriva d'apercevoir un grand yacht blanc; le château, point. L'île était assez accidentée pour le dissimuler; d'ailleurs, n'appelait-on pas château quelque demeure de proportions seulement un peu plus vastes que les bicoques du village?

La carte ne m'apprit rien non plus. Sans doute l'île était-elle à l'écart des routes, ou bien si minuscule que la réduction à l'échelle la rendait invisible.

Je préparai secrètement mon expédition en habituant le père d'Emma à me prêter sa barque. Elle avait un faible tirant, et je me familiarisai vite avec son maniement. Le temps était calme, l'espoir de mon côté : que pouvais-je craindre de la Beauté?

CHAPITRE TROISIÈME

La certitude de mon départ prochain m'avait rendu le goût d'Emma, bien que mes rêves demeurassent sous le signe de la lune rousse. Pourquoi ne lui confiais-je pas mon projet? A quoi bon? Maintenant est maintenant, et cela suffit. Et puis, moi-même, je n'avais pas fixé de jour.

Il y eut une soirée plus tiède, un peu de brume sur l'horizon, et je vis comme au premier soir la lune émerger de la mer. Elle était grosse : un cycle était bouclé. Je résolus que le temps était venu. J'aimai Emma jusqu'à la repaître de moi, et, quand elle se fut endormie, je gagnai la crique assez lointaine où l'on rangeait les barques. Il devait être deux heures du matin : j'avais juste le temps d'atteindre l'île avant le lever du soleil.

Nulle vague, l'océan se froissait à peine à la proue de ma barque, bien que je fisse force de rames afin d'aller plus vite que la venue du jour. J'avais la lune en tête, mais déclinante, et laiteuse et voilée. La fatigue me rendait poreux à tout cela qui se jouait entre l'air et l'eau, et qui est trop transparent pour devenir immobile à l'intérieur d'un mot. J'allais; je n'avais pas de souvenir ni de présent : je traversais. Et sans doute, puisqu'à cet instant ma volonté n'y traçait point de division, le temps me portait-il comme la mer portait ma barque.

Tout à coup, devant moi, je vis l'île, cependant qu'un doigt de rose au ras des flots signalait l'arrivée du matin. La côte basse n'était qu'une marge de sable au pied d'une falaise abrupte. J'entrepris de chercher un port plus favorable, mais la falaise continuait d'offrir le même à-pic. Je naviguais à la pointe d'un petit cap quand j'aperçus le yacht, qui devait appartenir à la comtesse. Il m'inspira une vague crainte, peut-être parce qu'il était trop blanc : je rebroussai chemin et décidai d'atterrir sur l'étroite plage, puis de continuer à pied. Je manœuvrai donc dans ce sens et, ayant touché le sable, m'occupai à tirer ma barque pour la mettre à l'abri. Soudain, un bruit derrière moi me fit me retourner : un nègre gigantesque accompagné de deux molosses me regardait.

Je souris à l'homme : il demeura impassible. Ses yeux et ceux des bêtes m'examinaient avec une absence de curiosité dont la froideur avait quelque chose d'effrayant. Le soleil se levait dans mon dos; sa rougeur, en m'enveloppant, me donna du courage. Je fis un pas en avant et dis :

– Je voudrais voir la comtesse.

Les chiens tendirent le cou vers moi; l'homme garda sa pose de statue. Je repris :

– J'ai rencontré la comtesse. Je voudrais...

L'homme fit un signe imperceptible, et les deux monstres bondirent sur moi. Avant d'avoir pu esquisser le moindre geste, je fus jeté sur le sable : l'une des bêtes me tenait à la gorge, l'autre me chevauchait. Ni l'une ni l'autre ne me faisait de mal, mais je les sentais prêtes à me déchirer au premier ordre. La peur faisait neiger des flocons rouges dans ma gorge et dans mes yeux. Derrière cet écran, mon cerveau travaillait, cherchant le pourquoi, observant, guettant, préparant les nerfs à lui obéir promptement. Et puis je me souvins : quoi qu'il arrive, disait-elle, serre ton ventre, respire profond, pose bien ton souffle.

Une ombre glissa sur moi : le nègre approchait; son immense stature me domina, ses yeux me fixèrent de haut, toujours froidement. Je le vis plier la jambe, puis avancer vers mon visage un pied énorme, qu'il rapprocha lentement pour que j'aie tout le temps de contempler la repoussante pâleur de cette plante striée de rides rosâtres qui allait m'écraser. Le pied s'arrêta à quelques centimètres de mes yeux. Il y eut une seconde d'angoisse infinie durant laquelle je fis tout pour maîtriser mon souffle et rester immobile. Le pied se retira. Les chiens me lâchèrent.

Je me souviens. L'homme fait encore un signe. Les deux fauves reviennent à la charge. Rageusement, ils déchirent tout ce qui me protège. Je ne bouge pas. Je sais que je ne dois pas bouger. Les chiens, d'ailleurs, travaillent habilement de la gueule et des griffes : ils ne me font aucun mal. En quelques secondes, je suis nu. Les chiens s'asseyent de chaque côté de moi; babines retroussées, langues pendantes, ils me regardent. L'homme continue de me dominer. Sans que je bouge la tête, mes yeux suivent les trois brutes.

A l'instant où je commence à penser que l'épreuve doit toucher à sa fin, l'homme désigne mon ventre, et les deux loups se jettent sur mon sexe. Mon dos se crispe quand les langues m'atteignent. Je retiens le cri qui a déjà roulé dans ma gorge. Ils ne vont pas me dévorer — pas encore. Il faut durer. Il faut gagner une minute.

Déjà, il ne s'agit plus de lutter contre la peur, mais contre l'abominable tentation que fait naître l'attouchement des langues le long de l'aine, au pourtour de mes bourses, le long de mon phallus. De la nuque aux talons, je résiste. Je bande ma volonté pour ne pas bander, mais la longueur de leur langue donne aux chiens un avantage horrible : jamais bouche n'eut sur moi pareil pouvoir. Le large fouet rose qui pend de leur gueule possède une souplesse infinie et permet aux deux quadrupèdes de m'encercler la bitte et de me fouailler le cul avec une vigueur irrésistible. Et la bave, dont ils m'inondent en abondance, facilite leur besogne en donnant à mon bras génital l'illusion de toucher à un port désirable.

En cet instant, mon sexe était l'Autre, que la pure envie de foutre dressait bien malgré moi. La grosse veine arrière le gonflait par à-coups, inexorablement; et j'en suivais les progrès avec une espèce d'horreur : le sentiment d'assister à quelque chose d'immonde. Quand ma pine eut atteint ses plus larges dimensions, je la vis devenir comme un os énorme dans la gueule du chien qui la branlait. Le nègre se pencha vers moi; un vague sourire découvrit ses dents. Soudain, il tira de sa poche un poignard, et tandis que les chiens s'écartaient d'un bond, il projeta l'arme vers mon ventre.

Un éclair. Une griffure sur ma peau. J'attends la douleur. Je n'ose pas regarder. Le nègre se redresse, me fixe au visage; le couteau prolonge toujours sa main droite. Je ne bouge pas. Je ne bouge pas. La lame descend maintenant vers ma gorge. Je ne bouge pas. La lame est à la verticale de mes yeux. Elle tombe. Elle pique à peine le front, à la racine de mon nez, puis remonte.

Moi aussi, j'ai à présent le regard froid. Le nègre recule. Je ne le vois plus, mais son ombre me recouvre exactement. L'air vibre, un éclair passe : c'est le couteau qui file vers mon sexe. Nulle douleur. Je baisse un peu le menton. J'aperçois le manche du poignard qui émerge du sable, juste entre mes cuisses. Le nègre réapparaît à mes pieds : ses dents sont plus largement découvertes.

Il siffle. Les chiens, qui s'étaient écartés, reviennent. La main de nouveau se tend vers mon ventre, et les fauves reprennent la besogne, car l'os a perdu beaucoup de son ampleur pendant tous ces jets de poignard. Les langues donc raniment ma honte, et je regarde mon ventre dresser le mât. Je vois. Je me vois en train de voir. Étrange distance à l'intérieur de moi, et qui contient le foyer des miroirs où mon image se recrée – image brisante à travers laquelle mon futur saigne déjà dans mon présent.

Je bande. Tout à coup je l'accepte. Il faut brûler le feu. Je me cambre au-devant des gueules. L'une des langues frétille sans trêve de mes couilles à mon cul; l'autre s'enroule autour de ma foutoire, l'enveloppe, la serre, la presse, fait merveille. Et je me laisse aller : je deviens naturel dans l'horreur, puisqu'après tout c'est aussi la nature. Pas de limite, crie en moi une voix très ancienne; pas de limite, sinon pour en jouir.

Ce que je subis excède tout ce que j'étais capable d'imaginer, et il me semble, étant, maintenant, branlé par deux chiens, avoir passé le comble, aussi cela me rassure-t-il et suis-je en train de m'abandonner au plaisir sans me douter que l'impossible appelle l'impossible. Pour que ma conscience se réveille, il faut que m'éclaboussent des gouttes d'une liqueur musquée, et qu'elles m'obligent à constater que je ne suis pas le seul à bander : sous le ventre des monstres s'allonge en effet une pine dont la rougeur et le méat juteux ne permettent aucun doute sur le degré de leur excitation. Ces engins, d'une minceur assez répugnante, gonflent, je le sais, considérablement durant l'action, une fois qu'ils sont engagés dans le vase, au point même qu'un dur labeur et beaucoup de temps leur sont nécessaires pour en refranchir le col. Pour l'heure, ils sont doués d'un mouvement incessant, qui les projette hors de leur fourreau poilu et les y remet aussitôt. Je ne puis guère me faire d'illusion sur le projet qui les anime, mais ce que j'ignore, c'est qu'un être à leur race étranger a élargi le champ de leur instinct en y ajoutant un peu de son imagination.

Je commence à le deviner quand l'un des monstres, celui qui fait des prodiges de langue au service de ma queue, change brusquement de position sans lâcher son objet et vient se poser au-dessus de moi : pattes arrière de part et d'autre de ma tête, bourses à la verticale de mes yeux. Sa pine goutte maintenant sur mon cou, ma poitrine, cependant qu'elle rentre et sort à un rythme accéléré. De plus, dans son excitation croissante, l'animal se met à gratter si violemment le sable que j'en suis bientôt couvert. Le nègre pousse alors un cri bref; le fauve hésite, comme s'il réfléchissait, puis il s'accroupit un peu, frotte son fourreau velu contre mon visage, fait le doux. Ses cuisses et son arrière-train sont pris de tressautements bizarres; ses couilles me giflent, il halète. Je comprends qu'il voudrait enconner, qu'il cherche un trou. Je crie :

– Non, non!

Un coup de pied du nègre me fait taire, et d'ailleurs l'autre chien redouble d'ardeur : sa truffe humide se glisse entre mes fesses, renifle l'anus, le fouille à grands coups de museau, puis sa langue s'acharne, tournoie, humecte, veut forcer le sphincter. Ma bitte bat à se rompre; l'envie de foutre anesthésie toute réserve.

Mon chevaucheur fléchit les pattes, pose sa poitrine sur ma poitrine, soulève légèrement l'arrière-train et pointe carrément sa pine vers ma bouche. Je revois ma mère : odeur de sauvagine, disait-elle en détournant la tête. La lance du monstre est contre mes lèvres ; elle y cogne par saccades régulières, les inonde d'un lubrifiant au goût âcre, les force, glisse entre la mâchoire et la joue, caresse si heureusement la gencive que mes dents se desserrent. Et j'ai dans la bouche cette chose inconnue, cette horreur, cette partie honteuse, et voici que je ne trouve en moi ni honte, ni horreur. Seigneur, pourquoi m'avez-vous abandonné ? Pourquoi dois-je apprendre aussi crûment qu'un chien vaut un prêtre et que n'importe qui peut m'initier à votre absence ? Maintenant, un doux va-et-vient écrit sur ma langue que tout dogme est méprisable, puisqu'il châtre l'imagination et par conséquent interdit l'Expérience.

L'écriture me presse, ma langue se décide : elle explore le gland, le sillon qui le souligne à peine, le méat baveusement amer. Le chien se cabre, attentif. Sa langue s'immobilise. Alors la mienne se décide : elle se creuse, ondule, provoque, salive, frétille, lèche. Un long frémissement parcourt la bête, qui s'arque vers ma bouche. Mais tandis que nous nous préparons ainsi au combat, l'ombre du nègre nous couvre. Vient-il nous observer de plus près ou m'arracher à mon amant ? Déjà, je grogne de fureur à cette idée, car nul mot désormais ne peut franchir mes lèvres, trop occupées à sucer la chose qui, entre elles, glisse et reglisse. Je loge sous mon palais une caresse, dont je rêvais depuis longtemps sans savoir ce que signifiait le rêve. Mais voici que dans ma bouche, la chose s'arrondit, fait boule, gonfle ; ma langue, dirait-on, est plaquée au sol, mes mâchoires se distendent obligeant mes lèvres à dessiner le O le plus stupéfait qu'elles aient jamais décrit. Je suffoque, le nez perdu dans la fourrure; je suffoque, j'agite bras et jambes comme l'inexpérimenté nageur qui, croyant travailler à son salut, ne travaille qu'à sa perdition.

Le nègre devait guetter cet instant. Je l'entendis écraser le sable autour de moi, puis chasser violemment le chien qui fouissait mon cul – et qui hésita à lâcher prise, car sa langue, justement, faisait des progrès. Le nègre, ensuite, prit mes pieds, releva mes jambes, les noua autour du cou de l'animal avec lequel j'étais embouché; il avança, saisit mes mains, les noua pareillement sur la croupe de mon chevaucheur, et je me trouvai ainsi suspendu sous son ventre. Le nœud dont ma bouche était trop pleine me liait d'ailleurs encore plus sûrement que mes membres.

Il y eut un cri guttural, et le chien aussitôt partit à fond de train. Mon dos frôlait le sable, se déchirait parfois contre un galet; des flammes m'enveloppaient; l'air se froissait à mes oreilles. Mon cœur était dans ma gorge. Et cependant que je périssais d'asphyxie, je ne percevais rien d'autre que les battements insensés de la pine du chien dans ma gueule et l'enflure de la mienne dans sa bouche. Hécate battait la campagne avec ses monstres; le croissant était noir à son front, et mon corps, simple croissant tendu entre deux cavités buccales, était noir lui aussi. Quelle ombre sur le seuil, tout à coup; la cage est si étroite : le cœur va se taire. L'air vrombit maintenant; je n'avais jamais soupçonné ses capacités océanes, son pouvoir de déferlement. Du haut du ciel, roulent vers moi de grandes vagues aux flancs noirâtres, qui creusent d'épouvantables creux où nous tombons. La dernière me noie.

Quand je revins à moi, les deux chiens me regardaient : l'un était assis, tranquillement, langue pendante ; l'autre s'énervait après les filaments blanchâtres qui lui pendaient au menton. Un peu en arrière, très droit, jambes écartées, le nègre me surveillait. A l'instant où nos yeux se rencontrèrent, il bougea, s'avança vers moi, se pencha, me prit à la nuque, me souleva, me traîna, me jeta à la mer d'une poussée brutale. Le choc de l'eau me rendit au présent et à moi-même. J'avais soif, comme après l'avalement d'un plat très épicé. Je me lavai, m'ébrouai, puis revins vers l'homme et vers les bêtes.

– Je veux voir la comtesse, dis-je.

Un éclair de haine brilla dans l'œil du nègre. Les chiens se jetèrent sur moi en aboyant, et de nouveau me firent rouler à terre. Le chien qui s'était contenté de me lécher le cul avait l'air beaucoup plus excité que son confrère : il limait à toute vitesse dans son fourreau, et cette fois s'occupait de me durcir la bitte. Résigné à une réédition de la chevauchée précédente, je décidai de me laisser aller et d'accepter le rituel. Mais dès que j'eus atteint l'état propice, le chien, au lieu de venir me flatter la bouche de la pointe de sa lance, me tourna brusquement le dos. Hébété par mon propre désir, je restai au sol, le mât dressé et luisant de bave au soleil. Le nègre hurla, puis voyant que je ne réagissais toujours pas, il vint me prendre sous les aisselles, me jeta à genoux, saisit ma queue dans l'une de ses énormes mains et de l'autre fit se rapprocher le chien en rut. L'animal, parfaitement stylé, recula aussitôt vers moi tout en fléchissant les pattes de derrière pour mettre son cul à la bonne hauteur. Le nègre dirigea alors ma pine vers l'anus de son favori tout en m'obligeant à saisir des deux mains sa foutoire en mouvement. Le monstre s'empala d'un coup sur moi, et me baguant la hampe de toutes ses forces, entreprit de me tirer mon foutre. Cependant, comme mes mains ne lui rendaient guère la pareille, le chien m'adressa un regard étonné puis gémit dans la direction de son maître. Ce dernier, voyant qu'il me fallait un adjuvant, prit son poignard par la lame et, d'un coup, en enfonça le manche dans le trou de mon cul. Quelque chose d'étrange survint alors dans mon ventre, où s'irradièrent contradictoirement une douleur terrible vers la partie violée et un plaisir également terrible vers mes couilles, si bien que je m'employai, de toute ma vigueur, aussi bien à foutre qu'à branler.Ma liqueur jaillit en même temps que celle de la bête, qui se dégagea en hurlant, et je tombai, le front contre le sable, prosterné devant l'infini que m'ouvrait cet instant. Cependant, mon cul toujours emmanché faisait le beau et tendait sa lame au soleil.

Le nègre me releva :

– Vous désirez voir la comtesse?

Je le fixai droit dans les yeux et ne répondis rien. Puis, comme apparemment, il continuait d'attendre, je retroussai mes lèvres pour qu'il voie bien mes dents serrées.

– La comtesse sera heureuse de vous voir... Elle vous attend, et je vous attendais pour elle.

Il me fit pivoter doucement, retira l'arme qui m'empalait, me désigna la mer :

– Vous devriez vous laver de nouveau.

Le corps très droit et d'un pas raide, je me dirigeai vers l'océan, me baignai longuement, puis revins vers le nègre.

– Si vous voulez bien me suivre...

Il ouvrit la marche, suivi par ses deux monstres, et à mon grand étonnement alla droit vers la falaise. Quand nous fûmes au pied de la muraille abrupte, il se retourna vers moi, sourit, puis les bras étendus se crucifia contre la paroi. Il y eut comme un bruit de roue qui se dégonfle, et une grande porte tourna dans la pierre : elle donnait sur un immense couloir taillé directement à travers la roche noire. La voûte, les côtés et le sol étaient lisses. Un petit véhicule, sorte de caisson roulant, nous attendait.

– Nous serons au château dans un instant, dit le nègre en me faisant signe de monter.

Déjà la porte se refermait d'elle-même avec un identique froissement d'air et nous foncions dans les ténèbres.

CHAPITRE QUATRIÈME

Notre véhicule s'arrêta sur le seuil d'un hall vivement éclairé. Nous descendîmes. Les murs semblaient couverts d'un fabuleux métal, dont la surface, transparente jusqu'à une mince profondeur, diffractait la lumière. Le plafond et le sol étaient construits dans la même matière. Ainsi chaque pas provoquait-il de bizarres franges d'ombre, au milieu desquelles on avançait comme parmi une impalpable écume. La pièce était très vaste et circulaire. Une énorme colonne translucide la traversait en son milieu.

– Nous sommes arrivés au château, dit mon guide.

Il remonta sur le véhicule à l'arrière duquel les chiens étaient restés, appuya sur un bouton et s'effaça, car du seuil, aussitôt obstrué par une porte du même métal, il ne resta aucune trace.

J'étais seul. Je fis quelques pas. J'eus conscience soudain que je me trouvais nu.

Plus tard, la lumière augmenta à l'intérieur de la colonne et j'y vis apparaître un nègre tout aussi gigantesque que le premier. La colonne s'ouvrit. Le nègre vint vers moi.

– Vous désirez voir la comtesse?

Je me gardai de répondre.

– Suivez-moi.

Il me précéda à l'intérieur de la colonne, dont le fond était constitué d'une sorte d'énorme dalle noire, qui, dès que nous y fûmes, se trouva coulisser le long des parois translucides à la manière d'un ascenseur rapide. Le nègre, qui m'examinait avec la même froideur indifférente que son congénère, était vêtu d'une espèce de survêtement argenté, mais couleur de vieil argent roussi. Cependant que je l'observais, nous descendions à travers la nuit.

L'arrêt, la lumière, tout fut simultané et très brusque. Nous étions au centre d'une nouvelle salle circulaire, de taille sans doute identique à la première, mais dont les murs, le sol, le plafond étaient d'un blanc mat, parfaitement poli. Cette salle servait pour l'instant de chenil à une meute de molosses, qui se ruèrent immédiatement vers nous, la gueule ouverte et baveuse. Sans doute hurlaient-ils, mais leurs cris ne nous parvenaient pas. Je les voyais se jeter contre notre habitacle transparent, s'enrager de la barrière, y appuyer leurs grosses pattes griffues. Le silence qui nous enveloppait était, par contraste avec ce déchaînement de sauvagerie, d'une intensité extraordinaire. Nous étions dans l'aquarium du silence.

– Vous désirez voir la comtesse?

Le nègre avait parlé doucement et profité du moment où il me voyait au comble de la fascination. Je sus néanmoins diriger vers lui un regard froid et me garder de répondre. Il se détourna d'ailleurs, mais pour revenir vers moi aussitôt et me surprendre d'un :

– Vous ne désirez vraiment pas voir la comtesse?

Je lui souris des dents et retournai à la contemplation de cette foule de cerbères, qui continuait à nous assiéger furieusement. Tout à coup, il y eut un revirement, et je vis la meute filer d'un seul élan vers un point du mur circulaire qui venait de s'éclairer. Là aussi, il y avait une colonne transparente, et deux hommes s'y trouvaient : un noir qui ressemblait à mon gardien, et un jeune homme, qui me ressemblait et qui, comme moi, était nu. Le noir s'adressa au jeune homme, celui-ci lui répondit et, aussitôt, fut éjecté de l'habitacle et précipité parmi les chiens.

A la même seconde, *mon* nègre se pencha vers moi. Sa bouche lippue courut sur mon ventre, aspira ma pine, tandis qu'éclatait dans notre loge un immonde concert de cris et d'aboiements. Mon double était la proie des chiens. Je les voyais se lancer sur lui, arracher un lambeau de chair, le déglutir à l'écart, puis retourner à la curée. Non seulement je les voyais, mais les parois de la cellule grossissaient, me semblait-il, le spectacle. Le malheureux gesticulait vainement : il ne pouvait rien pour se dégager. Les muscles qui pendaient autour de son humérus droit évoquaient d'horribles pétales et composaient, avec ce pistil sanguinolent, la plus atroce fleur de chair. Un dogue noir se dressa contre le jeune homme et d'un seul coup de ses pattes de devant arracha toute la viande de la poitrine, si bien que je vis apparaître, le temps d'un éclair et justement dans une lumière de foudre, la blancheur des côtes avant que tout ne fût noyé dans un affreux bouillonnement de sang.

Entre-temps, la bouche de *mon* nègre n'avait cessé de travailler ma bitte avec ardeur. Mais ses mains avaient beau être expertes et s'occuper à la fois de flatter mes couilles et mon cul, je restais mou. J'aurais voulu – que voulais-je? Mon regard n'était pas moins violé que mon sexe, et l'horreur qui bouillonnait dans ma tête était analogue à l'excitation qui, sans s'exprimer autrement, bouillonnait dans mon ventre. Celui qui disait « je » dans ma tête était-il identique à celui qui disait « je » dans mon ventre, ou bien n'étais-je plus qu'un « qui suis-je? » pris entre deux feux? Dans un sursaut, je repoussai le nègre.

Dehors, les hurlements redoublaient. La victime était maintenant couchée au centre d'une grande étoile de sang autour de laquelle les monstres faisaient cercle avant un nouvel assaut. La bouche était pleine d'un râle rauque. A travers les côtes, débarrassées de toute chair, on voyait le cœur achever de battre.

Le nègre ricana, se redressa. Ma pine était toujours flasque et couchée dans le sillon des couilles. Le nègre la regarda ironiquement.

– Allons, dit-il, vous êtes trop calme! La comtesse n'aime pas les gens de petite passion.

Dehors, les chiens avaient décidé d'en finir. La place du jeune homme n'était plus signalée que par un grouillement de gueules, de membres, de pelages sanglants. J'entendais les os éclater, les mâchoires broyer. Soudain, un grand fauve émergea de la masse et se précipita vers notre habitacle : il tenait entre les dents la tête de la victime. Il s'assit, plaça l'horrible chose sanglante entre ses pattes, lécha le sang. Il n'y avait plus de nez, plus de joues et le crâne avait été scalpé, mais les coups de langue découvrirent les yeux, intacts dans les orbites et animés encore d'un regard vertigineusement serein. La langue faisait avec délices le tour de ce regard. Elle s'insinua dans l'orbite et l'œil droit jaillit, me fixa, puis glissa dans la gueule, où je l'entendis éclater – et l'eau de l'œil coula, se mêla à la bave. L'autre orbite fut pareillement vidée; la lècherie continua; l'os devint blanc. Et puis, ayant longuement assuré le crâne entre ses pattes, le chien le brisa d'un grand coup de mâchoire, qui fit exploser le cerveau contre ma vitre, où il se répandit comme un jet de foutre.

La vision débrida ma conscience. Comment dire cela? J'étais heureux. Je bandais d'horreur et j'étais heureux. Je venais de sortir du tombeau. Je me tournai vers mon bourreau. Je regardai ses yeux, et derrière ses yeux, je me vis. L'eau de cet œil aussi était à la fois baveuse et transparente. Je voulais dire : tu es moi, et lancer ces mots dans son oreille, comme un dé dont je ne savais laquelle de ses faces il allait retourner. Mais lui se jeta à genoux, et déjà il enfournait ma pine dans sa bouche aux larges lèvres.

Il me semble que je ne sentais rien. Je voyais. C'est tout. Je voyais ses lèvres comme du sang sur le carrelage des dents. Sa bouche était la chambre où l'on m'avait tué, mais où je ne mourrai pas – où je n'arrivais pas à mourir. Et en enfilade, il y avait d'autres chambres où des chiens mordaient, où des rabots faisaient voler la peau, où des bâtons faisaient enfler des têtes. Je voyais courir tout cela comme courent des rides sur de l'eau. Je voyais la bouche devenir une orbite, et ma queue, là-dedans, faisait exploser l'œil. Alors, j'eus envie de boire l'eau du dernier regard, et je me penchai, mais il y eut un éclat de lumière sur l'os qui m'enserrait, et soudain je me trouvai jeté hors des images.

Les chiens ne hurlaient plus. Ils s'étaient accroupis et croquaient les os. Il y avait des grincements, des brisements, des éclatements; il y avait des jets de moelle, des succions, des lapements. Ces bruits m'arrivaient par ondes, l'un pressant l'autre, mais chacun bien distinct, et ce n'est pas mon oreille qu'ils frappaient – non, ces bruits ruisselaient sur moi, ruisselaient le long de mon sexe qu'ils tendaient : ils étaient la salive de ce désastre, qui mouillait l'espace tout entier. Cependant les chiens faisaient disparaître l'étoile rouge, et le croqueur de crâne achevait de lécher ce qui avait rejailli sur la vitre.

Et tout à coup je tombai dans le silence : il y avait des yeux de bêtes, des crocs, des langues rouges, mais tout cela s'était immobilisé, et de l'une à l'autre de ces choses une figure bizarre était en train de se cristalliser – la figure d'une main. J'étais dans la main de la mort, et je m'y faisais sucer.

Plus tard, j'entendis comme un remous, c'étaient les chiens qui se couchaient autour de l'habitacle, c'était la langue du nègre qui se coulait autour de moi. Et voilà que l'air devint rouge, non pas comme est le sang, mais comme est ce que l'on porte au rouge. Quelque chose en moi explosait, puis se recomposait, puis explosait encore, quelque chose qui montait des reins à la nuque. Alors, à deux mains, je pris le nègre à la chevelure ; à deux mains, je plaquai sa tête contre moi, et poussant de toutes mes forces, je tentai de pénétrer sa gorge. Je voulais l'empaler par le haut, l'étouffer, le suspendre à jamais à mon croc. Je voulais. Je voulais aussi qu'il me broie. Je voulais être moulu entre ses dents. Je voulais voir la bouillie sanglante couler de sa bouche, et je voulais me voir, en guise de bénédiction funèbre, aspergé d'un long vomissement de viande mâchonnée, de bave et de foutre.

La sueur perlait à grosses gouttes sur la nuque du nègre, mais il ne semblait pas souffrir autrement de ma pénétration profonde dans sa glotte. Et cependant qu'il suçait avec une espèce d'application terrible, je revis l'Autre. Il était à présent consommé. Il était une image parmi les images. Mais je sentis que mon sexe, dans cette bouche, était sa *répétition*. Alors, une nouvelle rage me vint, et j'entrepris de marteler la misérable caboche, comme pour lui faire rendre sa cervelle en même temps qu'elle me tirerait ma semence. Et ce fut de nouveau le rouge. J'étais, le monde était, un gigantesque anus rouge qui chiait l'Autre vers le ciel. Mais cette défécation m'aspirait moi aussi : je tombai, je tombai vers le haut.

J'étais en train de me vider dans la gorge du nègre. J'étais aussi un arbre en train de perdre ses feuilles. Je me souviens. Je me suis dégagé. J'ai regardé la barrière transparente, regardé, regardé... Le nègre, soudain, a cassé ce regard en se redressant. J'ai vu sa bouche, et elle saignait blanc. J'ai vu pendre à ses lèvres des filaments blanchâtres. Et aussitôt, je me suis jeté sur mon suceur, et j'ai collé ma bouche à sa bouche pour connaître enfin le goût de ma vie. Mais j'ai seulement senti bâiller contre mes lèvres la fente du monde.

Plus tard, le nègre me sourit :

– Il était beau, dit-il. Il a beaucoup insisté pour voir la comtesse. Il l'a vue maintenant.

Son rire éclata dans l'habitacle – un rire vulgaire dont le scandale fêla mon cœur; mais je sentis que par cette blessure l'épanchement de mes songes dans la vie extérieure allait devenir naturel. Et que le temps de la vérité irait ainsi se rapprochant, puisque la vérité n'est que la réalisation de l'imaginaire. Je m'aperçus alors que nous flottions dans un espace laiteux, et que cette lumière de lait, en coulant sur la peau noire de mon compagnon, lui donnait un velouté adorable. Le temps se dilatait, nous montions à travers la colonne transparente.

CHAPITRE CINQUIÈME

Nous montions dans un balancement de nacelle. Et cela durait : c'était la douceur. Il me semblait me lever de moi-même, avoir un deuxième corps, laiteux comme la lumière. Sans doute l'arrêt fut-il brusque : la colonne s'ouvrit, le nègre jeta mon corps dans la nuit, puis disparut avec la machine. Je me regardai, allongé par terre ; je regardai l'ombre ; j'y voyais : la nuit était blanche.

En quel lieu me trouvais-je ? J'avais l'inexplicable certitude d'être à la fois dedans et dehors. D'être dans un couloir et dans une rue. J'avançai. Les murs, les pavés luisaient faiblement : leurs pierres avaient un halo – d'où peut-être cette lumière égale, sans ombres. J'avançai encore, avec une impression d'élasticité extraordinaire dans le corps, et j'atteignis le bout du couloir (de la rue). Il y avait là une gigantesque porte comme en avaient les villes d'autrefois. Sur les panneaux supérieurs : des étoiles et des corolles de marguerites ; sur les panneaux inférieurs : des carrés superposés trois par trois et des larmes, également trois par trois.

Je cognai à la porte, avec le poing, avec le front, mais cela ne fit aucun bruit. Soudain, j'éprouvai un découragement immense, moins à cause de la porte, que pour rien – insondablement pour rien. Un souvenir alors me traversa : bras étendus, je me crucifiai contre l'un des vantaux. La grande chose demeura immobile, et j'allais renoncer quand mon regard rencontra, juste à sa hauteur, la serrure. Cette serrure palpitait, c'était une vulve entrouverte avec un trou si ironique qu'il fallait qu'un œil l'habitât. Fasciné, j'approchai mon visage. Les lèvres frémirent à mon souffle, le petit bouton se dressa, le trou s'ourla d'écume ou de larmes. Sans doute allais-je lécher, mais, malgré moi me semble-t-il, ce fut un autre geste que, spontanément, j'accomplis : je collai mon œil au trou. Il y avait là, au fond, un carrefour de corridors où circulaient des ombres ; chacun de ces corridors se terminait par une volée d'escaliers blancs, qui montait vers le vide – vers le ciel vide et bleu. Plus tard, autant de fois qu'il y avait de corridors, autant de fois se leva dans le ciel un cercle argenté, qui explosait en figures innombrables et cependant demeurait cercle entier. Ce spectacle me transportait, et j'en oubliais les grandes lèvres qui maintenant s'étaient fixées autour de mon orbite et commençaient à faire ventouse. Une voix retentit :

– On te vole ton œil.

J'entendis les mots, distinctement, mais les mots étaient tellement étrangers à l'univers que je contemplais, que je n'y pris pas garde. Quand la succion devint plus vive, j'eus moins conscience d'elle que de la métamorphose de mon regard : il devenait palpable, il prenait forme, il se solidifiait. Matériellement, il unissait l'œil à sa vision, et s'étant incarné à travers le trou, il était aimé par ce trou, dont les lèvres immobilisaient mon visage contre son seuil.

Et le plaisir naquit, indicible, car étant tout entier l'amour de l'amour, son double instrument ne dépendait plus que du pouvoir de création de la voyance, qui fait de l'œil la matrice de la réalité. Ce que le monde me présente n'est pas là. Ce que je vois émerge à peine des limbes de l'habitude. Ce que je me vois en train de voir, cela véritablement je le réalise, et cela existe seul.

Qui m'aimait? Je connaissais l'organe et non pas l'être. Mais l'être n'est pas individuel et l'amour est dans l'air. La porte s'ouvrit; je fus de l'autre côté.

Je suis au centre d'une étoile à sept branches, et chaque branche est l'un de ces corridors qui donnent sur le vide du ciel. Je m'engage dans l'un; mon pas a toujours la même extraordinaire souplesse. Je gravis la volée d'escaliers. Je me trouve sur une immense terrasse circulaire, dont j'imagine qu'elle encercle l'étoile et que tous les corridors y donnent. J'avance : le sol est dallé de marbre blanc poli, la nuit est toujours blanche. Et quand j'arrive au bord, je vois – je vois la ville, ou plutôt un étagement de terrasses qui s'agencent de façon à combiner toutes les figures géométriques possibles, en procurant néanmoins le sentiment de l'harmonie la plus parfaite. Des escaliers conduisent de l'une à l'autre, et une foule ne cesse de les gravir, de les descendre dans le plus profond silence. Une foule de formes voilées, qui jamais ne tournent la tête, et dont je sais qu'elles ne me regardent pas. Ce va-et-vient a d'ailleurs l'air absolument gratuit, comme si ces passants n'avaient strictement pour fonction que de passer.

Sur tout le pourtour de la terrasse, un escalier descend : il est pareillement poli, pareillement de marbre blanc, et le bas se perd dans la brume laiteuse. Je pose mon pied sur la première marche, la seconde... Je ne vois plus la ville. En vérité, je descends moins que je ne nage vers le fond de l'air. Il n'y a pas un atome de moi qui ne participe au bonheur de ce flottement. Et cela dure, et cela même est la durée...

Je suis sur une place. Des arcs l'entourent, des enfilades d'arcs décrivant des perspectives qui se coupent, s'enchevêtrent et me donnent la certitude d'être au centre du labyrinthe. Je suis porté vers le seuil d'un arc, et là je reste immobile, figé, cependant que l'arc passe au-dessus de moi, puis le suivant; puis l'autre, et toutes les nefs à l'infini dans un glissement qui me donne le vertige. Entre les piliers, les murs sont de peau, et d'une peau qui doit être celle d'un visage puisque s'y ouvre une bouche... Bouche des milliers de fois répétée, des milliers de fois souriante; bouche si belle que je voudrais... O bouche trop vite pour l'amour et si nombreuse que je suis par trop infiniment fini par rapport à ton incalculable chiffre... Bouche impossible, non pas en soi-même, mais en son essence de bouche...

Le glissement s'arrête; la peau devient continue. De nouveau la nuit blanche, rien que la nuit et cela au bord de quoi je suis : ce mur de peau. Une voix dit :

– Je suis la joue du temps.

Une autre :

– La terre n'est plus informe, n'est plus vide. L'abîme s'est rempli au-dessous des ténèbres, et les ténèbres savent se retirer devant le jour, mais voici qu'à l'intérieur du plein une angoisse est née qui est le nouvel abîme. Et celui-là, nul ne peut le remplir qu'en recréant la création même.

Ces mots ne m'étaient pas parlés; ces mots passaient directement dans ma mémoire. Et moi, pendant qu'ils s'y logeaient, je suivais le mur, l'effleurant de temps à autre de la main, y allumant une chaleur qui sollicitait d'autres caresses. Bientôt, j'embrassai le mur, et ma langue et mes mains coururent, coururent, essayant de répondre aux sollicitations de cette immensité, s'épuisant à ce dialogue, m'épuisant tout entier. A la fin, je ne fus plus qu'une ombre sur le mur, et privé de pesanteur, je pus monter le long de lui, dans une caresse que rien désormais n'embarrassait, sinon le désespoir d'être à jamais superficielle.

Plus tard, il me sembla que je me réveillais. J'étais allongé sur une plaine que dominaient, au nord, deux collines blanches surmontées d'un mamelon très brun. Vers le midi, la plaine continuait, s'incurvait, remontait. Je me roulai sur le sol tendre et parfumé ; j'étais heureux, bien que je fusse conscient de mes limites et de mon incapacité à donner l'étreinte infinie que le paysage demandait. Je me levai ; je pris le chemin des collines. Il y avait tellement de douceur sous mes pas, que le temps adopta leur rythme et que mon cœur fit de même. Ainsi naquit, entre le geste et son projet, une harmonie qui me rendit léger – qui me transporta. Je fus au sommet, et tourné encore vers le nord, je vis, parmi les bandeaux sombres qui remplissaient l'espace, se lever le visage vers lequel, depuis toujours, je fais retraite en moi. Émerveillé de cette apparition, je murmurai alors par trois fois le nom secret :

– Thalassa, Thalassa, Thalassa.

Et l'adoration me jeta à genoux devant cette beauté, qui les rassemblait toutes, et qui était l'amour.

Beaucoup plus tard, je redescendis vers la plaine et pris la direction du midi : il fallait que j'aille contempler l'autre extrême. Quelque chose me pressait, comme si le temps m'avait pris aux épaules, et cela piquait sur toute la surface de mon corps des aigrettes d'impatience. La soif vint aussi, et j'eus cette brûlure dans ma gorge cependant que commençait à battre sous mes pas le ventre. Que la terre respirât, qu'il y eût ce roulement de vie souterraine, que l'amour eût en son milieu pareille forge, tout cela m'étourdit et redoubla ma soif – soif non plus de douceur, d'adoration, mais de violence et de feu. Alors l'enregistreuse mit en marche le souvenir : je revis le rire noir d'Hécate éclater sous le transparent sourire de Diane ; je revis les chiens et la ville, le savoir et le non-savoir.

Ici et maintenant, me dis-je ; mais déjà j'étais au bord de la forêt bouclée. Je me glissai parmi les hampes brunes, partagé entre le désir de les baiser une à une et celui de les abattre pour avancer plus vite. En vérité, j'étais la proie d'une métamorphose. Comment dire? Au sommet de la colline, l'adoration et la voyance avaient leur siège dans mon œil ; à présent, la voyance était dans mon sexe, et mon regard, après s'être inversé à travers tout mon corps, avait là son foyer. Alors, j'atteignis la lisière, ou plutôt le sommet du triangle à partir duquel la forêt dévalait les pentes de la fente. J'avançai jusqu'à la pointe : la fente bâillait largement, ouvrant à l'infini au-dessous de moi ses lèvres humides et palpitantes – et la fente exigeait ma chute le long du couloir écumeux qui menait en son centre.

CHAPITRE SIXIÈME

Je tombais. Je ne voyais rien. Je m'entendais tomber. Je tombais à travers la neige de l'œuf, sous laquelle il y a de l'air bleuté. Le courant de ma chute me lavait.

– Écoutez : il y a une fuite dans le corps, et c'est la bouche du sablier. Mais ce qu'elle souffle s'en va peut-être gonfler un autre corps. Écoutez.

Je n'écoutais pas. Je ne voulais pas. Dans ma tête, je tombais aussi à l'intérieur de ma propre chute. Le songe est une vie : je vivais. Et derrière mes yeux passaient de grandes buées blanches, qui étaient des fantômes d'images ou bien des avant-mots.

Je tombais. Je ne tombais plus. J'ouvrais les yeux. J'étais dans la colonne transparente. J'étais avec le nègre qui m'avait sucé. Nous étions deux poissons, l'un noir, l'autre blanc, qui se regardaient nager dans le doux froissement de l'air. Je me souvenais d'une chute légère, en moi, hors de moi, d'un sentiment de chute. Il y avait la vitre, et dedans comme dehors, simplement l'eau de l'air. Je me dis : et le temps viendra où vos gestes traceront dans l'espace une écriture si bien gravée que, vous retournant, il vous semblera n'avoir fait que vous répéter indéfiniment comme font les enfants quand ils impriment le long d'une page de neige tant de figures en creux d'eux-mêmes qu'il n'y a pas le choix, et alors votre regard égaré renversera le sablier. Je me dis : pourquoi me dis-je cela? Mais le nègre en profite pour me surprendre :

– Vous désirez voir la comtesse?

Je ne désire rien. Je le regarde. Je sens que la surface de mon œil devient comme du verre – de la pâte de verre. Je sais qu'il me suffit d'attendre, et surtout de savoir que j'attends.

La dalle qui nous porte ne vibre plus. L'air change. Nous sommes de nouveau au centre d'une immense pièce circulaire. Les murs et le sol sont velus : on dirait la peau d'une bête vivante, et qui frémit. Je m'appuie contre la transparence. Je ferme les yeux. Je relève les paupières. Je me demande – mais non, je n'ai pas le temps de me demander quelque chose, car déjà les images se sont précipitées sur ma rétine comme va la limaille à l'aimant, simplement je me demande si c'est moi ou un autre qui les projette. Et cependant que mes lèvres ou ma tête répètent : qui? qui? je vois. Je vois d'innombrables phallus entrelacer leurs bras de poulpes au milieu d'un grouillement de bouches d'en haut, de bouches d'en bas, qui forment des buissons d'organes animés d'une espèce de respiration lente, et molle, et écœurante. L'air, alentour, devient à la fois vitreux et rougeoyant, et l'on dirait que l'espace tout entier va baver, ou bien se réduire à la trace de quelque dieu mollusque flasque et spumeux. Il fait chaud : une chaleur rouge qui monte de l'intérieur de mon corps, mais la peau reste sèche, et c'est aux yeux seulement qu'il me vient une sueur. Dehors, les poils des murs palpitent.

– Il ne suffit pas d'attendre, dit le nègre, il faut se

vider de toute attente. Alors, la chose tombe comme la foudre.

Le regard est ironique, la voix neutre. Ils tarissent les images, et toute mon attention va dès lors vers la pièce. Je sens que le temps vient, c'est-à-dire que je perçois un rapport en train de s'établir entre les êtres et les choses ici en présence, de telle sorte que chacun va former l'un des mots d'une phrase à laquelle le *temps* travaille justement à donner verbe et sens. Le temps va me prononcer, m'accoupler avec les autres. Je m'immobilise, je me prépare à être absolument le signe de moi-même. Mais la chose, avant que je ne commence à me l'annoncer, a déjà commencé : c'est un frémissement, là-bas, une ondulation plus vive, une approche. Et parmi les mots que nous sommes, c'est exactement comme si le présent se dressait – comme si le présent bandait pour nous tenir enfilés les uns aux autres dans la partie carrée de l'objet et du sujet, du lieu et du temps. Là-bas, donc, la chose a commencé : une reptation parmi les poils, un surgissement qui me suspend au point que ma conscience voudrait bien tout à coup arrêter le temps et s'arrêter elle-même; mais non, cela se rapproche inexorablement; l'espace se creuse, le temps se gonfle : il va falloir savoir.

Et voici que ce qui n'était que mouvement lointain au fin fond de la salle commence à prendre forme et visage. C'est une jeune fille. C'est une jeune fille nue. C'est Emma.

– Elle aussi vient voir la comtesse, dit le nègre. Vous allez l'accompagner, n'est-ce pas?

Je ne réponds rien. J'appartiens trop étroitement à la phrase en train de se nouer pour avoir une volonté propre : je suis poreux au sens qui lève et m'agglutinera. Emma vient vers nous; elle semble curieuse et tranquille. Soudain, elle m'aperçoit. Instinctivement, elle accourt, colle ses mains contre la paroi translucide, me sourit. Sa beauté me saisit : cette beauté qu'épanouit l'élan vers moi, et qui s'illumine d'être à la fois retenue et offerte. Emma parle, me parle : je n'entends rien. Je vois bouger sa gorge, bouger ses lèvres, bouger les lignes de ses mains. Je t'aime, t'aime. Emma voudrait me toucher. Elle s'appuie contre la vitre, s'appuie tout entière contre cette chose qui est entre nous comme du vide solidifié, et dont le contact répand sur sa peau une blancheur profonde. L'invisible écrase les boucles du ventre, les boutons des seins. Très lentement, je porte ma main droite à la hauteur de la main gauche d'Emma, puis ma main gauche à la hauteur de sa main droite, mon visage à la hauteur de son visage, et collés ainsi face à face nous devenons, l'un pour l'autre, l'illusion de l'Autre, son reflet et son ombre de chair. L'obstacle transparent nous prive de tous nos sens, sauf le regard, qui traverse et nous cloue l'un à l'autre imaginairement, car vide comme la vitre il n'est pas, comme elle, solide. Alors commence un étrange amour, fait de tension déçue et qui s'augmente de cette déception même. Je t'aime, et plus je me pousse vers toi, plus tu es absente ; je t'aime, et à l'endroit même de l'étreinte, tu te dérobes ; je t'aime et je connais mon amour à l'intensité avec laquelle tu te dérobes, tu t'absentes. Et le regard est l'instrument parfait de cet amour, lui qui est impalpablement présent comme le présent.

Alors, le nègre me frappe, me repousse, prend ma place, et il viole les yeux d'Emma – les yeux d'Emma, qui, tout à moi du plus loin qu'ils m'avaient aperçu, n'avaient sans doute même pas remarqué la présence du nègre. Tout va si vite : la stupeur de mon corps, le bond en arrière d'Emma, le rire du nègre, que cet instant m'étoile d'une brisure à travers laquelle passe l'haleine de la mort. Emma tourne à présent autour de la cage de verre, et partout elle se heurte à l'ombre du nègre, qui rend son propre reflet noir. Ses yeux m'appellent, ses mains m'appellent et je demeure hébété de rage – d'une rage qui tire comme un rideau de buée entre mon œil et ma conscience. Je sais que je ne dois pas bouger ; je sais que je dois laisser se consumer tout ce qui s'anime en moi. Je gèle mon regard ; j'observe froidement la détresse d'Emma.

Le nègre se tourne vers moi : je vois que ses yeux me lisent, et qu'en me lisant ils détruisent ironiquement le sens que j'avais cru former. Il s'avance, prend ma main, me conduit face à Emma, soulève lentement et l'un après l'autre mes bras, m'oblige à reprendre la posture que tout à l'heure il a dérangée, mais cette fois à quelque distance de la vitre et non plus contre elle. Je trouve naturel qu'Emma reproduise exactement les gestes qui me sont imposés. De temps à autre, le nègre se glisse entre nous, mais en évitant d'interrompre notre regard : c'est une ombre qui rampe à mes pieds, et la chair de la nuit que je sens me frôler ; c'est aussi la présence sans cesse rappelée d'une peur si ancienne et si informulée qu'une autre époque a dû la déposer dans ma mémoire. Je m'aperçois que ce qui empêche mon regard de se fondre maintenant dans celui d'Emma tient moins pourtant à cette peur qu'à la distance qui me fut imposée, et d'où vient qu'au lieu d'avoir les yeux dans les yeux, nous y avons presque tout le corps. Et le corps refuse d'être réduit à une image, ou plutôt ne se contente pas de la possession impalpable de l'œil. Pour vaincre à la fois ce refus et la distance, il va falloir qu'entre dans l'œil une image si violente qu'elle rompra l'habitude, c'est-à-dire la volonté en nous de l'espèce, et qu'elle la dénaturera en la dévoyant. Une image si profondément bouleversante qu'elle surprendra les arrières du corps en y faisant surgir une hantise irrésistible. Il faut que je fasse rêver nos corps.

Brusquement, et sans quitter des yeux Emma qui, tendue vers moi, me contemple, je saisis le nègre aux cheveux afin d'approcher son visage de mon sexe. Et ce qui m'échauffe, ce n'est point d'entrer dans cette bouche, mais de surprendre dans le regard de mon amie l'éclair vertigineux d'une surprise qui, véritablement, fend son œil, un instant. Il me reste à disposer ma propre image de façon à ce qu'elle violente Emma toujours davantage, cependant que l'image d'Emma violentée me saisira moi-même. Ainsi jouirai-je du reflet de mon reflet – jouirai-je de me voir voyant et de me voir vu.

Le nègre est obéissant : il prévient les pressions de ma paume qui, tout en plaquant son masque sur mon ventre, dicte un rythme à ses lèvres. Emma ne me regarde plus au visage; son corps s'est affaissé et pèse sur ses mains dont le creux blanchit contre la vitre. On dirait que sa tête reproduit imperceptiblement les mouvements de celle du nègre, dont je ne sens toutefois qu'à peine le travail, tant je suis suspendu aux réactions d'Emma. Je guette. Je règle mon souffle sur celui de mon amie pour être aussitôt averti du moindre trouble. J'attends avec une telle violence que l'attente va se trouver contrainte de faire à la fin fleurir le geste ou le secret dont elle est la distance ou l'écart. Je sens bleuir les veines d'Emma; je sens l'image de moi dans son œil fasciné; je souhaite qu'elle mange cette image.

Plus tard, le ventre d'Emma frémit; il en monte un

long soupir : on dirait qu'elle se réveille, qu'elle se déplie. Elle relève un peu la tête, me regarde à nouveau dans les yeux ; un éclair de chaleur traverse la vitre. Son visage brille : c'est presque la même lumière qu'autrefois dans l'amour, mais la complicité y remplace l'abandon. Emma me sourit, ramène ses mains vers son corps, les pose sur lui : on dirait un geste *naturel* alors qu'elle est en train de toucher sa peau, d'en découvrir les limites, de prendre ses mesures. D'ailleurs, les mains s'agitent, remontent vers les seins, les pèsent, les jalonnent, les enveloppent, se referment sur les mamelons. Elles sont arrêtées, mais je sais que leur immobilité n'est que de surface, et que leur creux palpite et caresse. Le regard d'Emma s'abaisse vers le travail du nègre, remonte aussitôt vers mon visage ; notre respiration s'accélère. Les mains descendent, épousent le creux de la taille, se hissent sur les hanches, hésitent, reviennent aux seins : elles ne savent pas, elles sont au bord du geste et ne veulent pas savoir. Je me cambre ; je souris ; puis quand je suis bien sûr de tenir l'attention et le regard d'Emma, je leur désigne brusquement la bouche du nègre, et toute la réserve de mon amie s'écroule. Ses mains se précipitent vers le haut de ses cuisses, les entrouvrent, glissent un doigt. Emma rougit, m'adresse un regard de confiance éperdue auquel je réponds en me mettant légèrement de profil pour qu'elle voie le va-et-vient de ma queue dans la bouche. Emma gémit, écarte un peu les jambes, y enfonce sa main gauche pendant que l'autre repart vers les seins. Je vois la marée du désir : elle se brise contre la nouveauté de ce qu'il lui faut submerger, mais revient, augmente de force et d'audace. La main du ventre est immobile ; l'autre change sans cesse de sein, les flatte également, les raidit. La main d'en bas bouge, couvre toute la motte, incline légèrement le majeur dans la plaie. Je lance quelques coups plus violents dans la bouche du nègre, et le doigt s'incline davantage, écartant franchement les lèvres, que ses quatre compagnons adulent de part et d'autre. La vulve enfle et s'ourle ; le doigt s'enfonce, et toute la main faisant mouvement en arrière, il ouvre le sillon. Emma se cambre : le doigt dont elle se travaille me désigne en même temps l'ouverture qu'il vient d'enrayer. Le corps ondule, soulevé de vagues douces qui montent vers le ventre, faisant danser la proue du pubis. La tête se renverse ; la longue chevelure coule vers le sol ; la gorge est battante. Je ralentis, je regarde, je suis fasciné par les tressautements de la main, qui s'acharne sur le clitoris, tandis qu'une rosée de plus en plus épaisse couvre le rebord des lèvres. Le désir saigne ; la plaie est à vif. Soudain, quelqu'un parle dans notre habitacle – une voix grave et rauque :

– Je cherche un long, immense et raisonné dérèglement de la réalité, car celle en qui l'on croit n'est que la part mesquine qu'il faut faire éclater. La surface.

J'écoute. Je ne bouge plus. J'attends. Devant moi, comme sur un écran, Emma se branle à présent avec frénésie, son majeur allant et venant du monticule au trou pendant que les quatre autres doigts serrent sur lui les lèvres. Emma n'a rien entendu. Emma ne me regarde même plus. Je m'aperçois que le nègre m'observe entre ses paupières. Je le repousse. Je suis terriblement seul. La réalité, la réalité n'est pas là, et mon sexe dressé ne menace que le vide. Je voudrais baiser le vide, mais ce désir me baise moi-même ; quelle dérision tout à coup, quelle histoire de chiens et de culs. Mon propre sexe me nargue : il bande toujours pour la fille qui, à la renverse, dégorge le foutre dont il la remplit hier. Qui suis-je, encagé dans ce baril de verre? J'ai vu lécher un crâne et manger un regard; j'ai vu l'orbite vide et le désir m'est resté d'enfiler ce trou vide. Ô masque enfin troué, me disais-je, quelle semence je pourrais jeter en toi! Mais il y avait la cage, il y a toujours la cage.

J'appelle – de toutes mes forces, j'appelle, mais je ne sais pas quoi, ou plutôt je n'en sais pas le nom. J'appelle le long dérèglement qui me fera un visage immobile, un visage sans paupières gardant son œil toujours ouvert sur ce qu'il faut voir, absolument voir. J'appelle des yeux partout : sur ma poitrine, sur mes épaules, sur mon ventre, au bout de mon sexe. Que ma peau devienne rétine, et que mon corps solidifie un tel regard qu'il reste comme un os en travers de la gorge du temps.

Ici et maintenant, une femme se branle, un homme se fait des idées, un nègre tombe, car une partie de la dalle a joué comme une trappe où il a disparu. Ici et maintenant, c'est un lieu étrange où le présent met face à face le plaisir et la question. Mon reflet me refuse; mon reflet s'est perdu dans le vide de son propre reflet, qui nous démultiplie à l'infini. Le présent, c'est la vitre entre le futur et le passé. Je m'y encage, j'y cogne, et cependant j'oublie son nom et la texture de sa réalité. Le présent, c'est ma peau. Mais voici qu'au fin fond de la salle quelque chose bouge comme si la venue d'Emma recommençait : les poils du sol ondulent, la chose approche et ne se trahit pas; on dirait que tout l'espace bouge pour masquer ce qui, en réalité, s'y déplace. Je regarde, je m'oublie.

Soudain, de part et d'autre d'Emma toujours à son plaisir, deux piliers se dressent – deux piliers écailleux qui oscillent et qui sifflent (ma prison vient d'être ouverte aux bruits), et dont le sommet se courbe pour incliner vers ma maîtresse deux têtes triangulaires au bout desquelles frétille une langue bifide. Les sifflements redoublent. Emma, qu'encage seulement son propre désir, les perçoit enfin, ouvre les yeux, hurle, se fige toute droite. Je vois sa poitrine battre, ses tempes bleuir. Comme la Vénus naissante, elle a saisi de sa main gauche une touffe de sa longue chevelure et l'a ramenée sur le haut de ses cuisses tandis que sa main droite couvre à demi ses seins. Ses yeux terrifiés vont d'un serpent à l'autre. Sa bouche est tellement serrée qu'à peine la devine-t-on. Les deux piliers en érection se penchent ; les langues effleurent le visage d'Emma. Une pâleur extraordinaire se répand sur tout le corps de mon amie. On dirait qu'on a pulvérisé sur elle de la craie. Son regard est aux abois. Alors je me souviens, à moins qu'une voix ne murmure :

– Tu seras la statue de mon désir. Tu entreras vivante dans l'éternité froide.

Emma a les yeux grands ouverts. Elle ne cille pas. Elle s'emplit du double regard des bêtes, qui la fascinent et la gèlent sur place. Sa beauté est tellement saisie, tellement blanche, que la voici en effet telle qu'en elle-même elle peut être changée. Je sens, par contre, la fêlure indicible par où la vie s'échappe et me rend mon propre visage insaisissable. Je contemple Emma. Je suis bizarrement heureux. Les bêtes ne la menacent plus. D'ailleurs, elles se lovent, empilant leurs anneaux et ne laissant dressée que leur tête toujours en éveil. Alors, Vénus est devant moi et compose, avec les deux spirales, l'image extrême sur laquelle ma mémoire pourrait enfin arrêter de produire du souvenir.

Un éclair argenté déchire ma contemplation : un nouveau serpent vient d'apparaître devant Emma. Il est beaucoup plus mince que les autres, plus agité aussi. Il se recouche, rampe jusqu'aux pieds d'Emma, puis d'une brusque détente, s'enroule autour de sa taille, après avoir chassé le bras gauche qui le gêne, et qui va rejoindre le droit sur les seins. Il glisse le long des hanches, y attache son nœud de glace, balance un instant la tête, comme s'il prenait conseil des deux juges qui surveillent la scène, puis la pose sur le pubis dont elle recouvre exactement la toison. Ainsi le bas-ventre d'Emma s'étoile-t-il de deux yeux froids, qui me fixent. Il me semble qu'on accroche à mes vertèbres une crête de givre. Tout moi est dans mes yeux et regarde, fasciné. La tête occupe exactement l'échancrure des cuisses; elle est incrustée là; elle fait partie du corps.

Emma se cambre légèrement. Son visage est très blanc; ses paupières baissées. La lumière est partout égale : ni l'un ni l'autre n'avons d'ombre à nos pieds. Je cherche désespérément quelque chose qui pourrait distraire mon attention, mais il n'y a rien, et je ne pense à rien. Il faut que je contemple les deux petits yeux luisants et froids, que j'entre dans leur regard, que je n'en sorte pas. Ils me creusent – ou plutôt non : ils rendent en moi toute chose si serrée, si dense, que je m'étrécis. Je suis ce point, ce point noir, qui est la nuit que, dans mon œil, fait monter l'*autre* œil quand il plonge en moi fixement.

Rien ne bouge plus. Le ventre est tapi au sommet des cuisses, le ventre me guette, et je sais que je n'échapperai plus à son regard. Je suis pris comme l'eau est prise par la glace. L'image m'englobe. Depuis combien de temps n'ai-je plus bougé? Je suis raide. Les yeux, me dis-je; les yeux, me dis-je sans arrêt, et les deux boutons noirs grandissent, se confondent, deviennent l'astre immobile de je ne sais quel sombre univers – l'astre et l'entrée, car cela s'approfondit comme un puits de charbon luisant. Je suis raide : ma tête est le gland de mon corps. Je bande à l'intérieur de la lumière noire qui m'enveloppe. Je bande de froid. Je veux emplir le puits luisant. Non, je ne veux pas : on m'aspire; l'espace me suce; l'espace se fend autour de moi – de moi qui suis debout et qui le pénètre et qui aime ce lèchement du froid. L'amour, l'amour sans fin est gelé comme l'éternité. Deux statues face à face et l'astre noir. J'empalerai sa pupille. Nous serons seuls. Phallus de pierre face à la motte blanche. Seuls et froids et immobiles et plus jamais changeants. Nous serons l'idée fixe autour de laquelle tout explose et recommence. Je suis raide. Je t'aime. L'œil grandit encore. Je vais mettre un moyeu à sa roue. Je vais libérer ton ventre de la lune. Et tu seras froide et profonde et durable et nous jouirons sans fin de nous voir inchangés dans le regard de l'autre et si beaux sous notre peau de pierre. Je ne suis plus creux. Je t'aime. Mais quel couteau de glace soudain entre mes yeux, quel couteau en plein front? Il neige. La tête se vide. Les mots sortent. L'envers des yeux bleuit. Il neige. Il neige. Plumage d'espace, plumetis aux vitres, pluie blanche, comme si le lait de l'amour tombait du ciel. J'ouvre les yeux : il neige toujours dans ma tête; il neige par-delà, et la salle est comme une immense tempête où se perd l'armée de mes désirs. Flocons inexorables, traçant des diagonales qui déjà quadrillent l'avenir : c'est simplement la neige et c'est le temps qui tombe et c'est l'apparition qui se tenait entre l'oubli et le secret. On regarde, on regarde, on est cela qui tombe et qui n'en finit pas. On est le périmètre du champ clos. Est-ce dedans, est-ce dehors que mène l'allée blanche? Et la statue, sait-on si l'on y va, si l'on en vient? Elle est blanche et cantonnée de deux piliers aux étranges spirales. Je me souviens. Elle est devant moi, derrière moi, en moi. Je la contemple. Je dis : quelle craie sur ton visage a mis le regard aux abois? Je dis : ton amour dans ma tête fait un rêve de marbre. Je me souviens. Tu disais : jette ma peau blanche. Et maintenant : qui m'a gelée? demandes-tu. Mais cela tombe, tombe, et nul flocon n'a de visage. C'est la neige, dit-on, rien que la neige. Je te contemple. Tu n'existes presque plus. Tu es blanche dans la plaine blanche. Qui fera la différence? Je me souviens. Tout mon corps battait en retraite. Il n'y avait plus de chemin. Le plafond touchait presque le sol. L'horizon m'enfermait comme un mur. Soudain, on aurait dit une motte de neige. J'ai creusé des deux mains, et le visage est apparu. C'était la beauté de l'amour, de mon amour, mais elle était si blanche que pour la perfection de sa blancheur les yeux demeuraient clos. J'ai creusé des deux mains, encore et toujours. J'ai vu la peau comme un versant. J'ai creusé. J'ai vu la nudité, et sur la proue du ventre par deux fois un œil s'est ouvert – un œil petit et froid. Je me souviens. Face au regard qui me gelait, je suis resté immobile, et la neige qui continuait de tomber a fait par-dessus moi comme une voûte au fond de laquelle l'air bleuissait. Le ventre me regardait. Je savais que j'étais dans ce regard. J'étais au bout de nous. Je le croyais. Et puis, il y a eu cette voix :

– Il faut de tout pour faire un masque. La beauté ne blanchit que les morts. Le théâtre est dedans, passé la dérision.

Je suis pourtant dans la grotte de neige et la lumière est bleue. Devant moi, sous la voûte, Emma est allongée. J'avance vers elle. Je la touche : elle est froide. Une main se pose sur moi ; je me retourne : c'est le nègre. Il sourit de toutes ses dents. Il se penche. Il saisit les jambes d'Emma, les écarte largement. Le sexe d'Emma est ouvert, et presque concentriquement on y aperçoit des lèvres bleues, des lèvres blanches et un trou rouge. Le nègre éclate de rire.

CHAPITRE SEPTIÈME

De nouveau, je tombe ; de nouveau, c'est la nuit. Puis vient le lent balancement qu'on appelle sommeil, et qui cette fois n'est que l'oubli. J'ai désiré la neige noire, après l'autre, et elle verse sur moi une douceur épaisse et ténébreuse. Je la sens qui me traverse en même temps qu'elle me blottit au creux de son mouvement – au creux de sa chute. Je suis la nuit : je remonte dans le ventre, et il fait chaud. Mais une main m'arrache : on me jette dehors, et c'est le plein soleil, qui découd mes paupières d'un seul coup de couteau. Je suis seul. Je suis moi.

Tombé ici ? Monté ici ? Qu'importe : je suis déjà debout et je vois. Ma terre est une immense terrasse au bout de laquelle il y a le ciel ; puis le ciel et la mer quand j'ai fait quelques pas. Le sol est dallé de marbre blanc veiné de gris, de telle sorte qu'on dirait la surface du lait. De grands squelettes y flottent, qui semblent moins des sculptures de fer que des rapaces desséchés. Et le ciel, à travers leurs os noirs, est d'un bleu solide – une espèce de carrière verticale où l'on aimerait tailler des blocs transparents et durs pour s'y bâtir un escalier.

J'avance. J'atteins le bord. L'île, tout en bas, est un jardin disposé selon un ordre si subtil que la symétrie n'y a point de place. Et elle est tellement sous mes pieds que je me demande, tout à coup, à la surface de quelle bulle j'ai été déposé. Il suffirait de briser la coquille, mais non : il n'y a rien; je suis simplement là, et je regarde. Mais à force de regarder, du temps a passé, et l'habitude vient de produire quelques mots à l'arrière du regard, et ils travaillent déjà à reproduire ce qui me suffisait à l'état de pur regard, et qui ne me suffit plus dès lors que j'essaie de l'exprimer. La terrasse est blanche; l'île, petite; le ciel, bleu. Je vois la réalité se gommer dans ce que j'en dis; je la vois devenir seulement pratique.

– Soyez le bienvenu... Je vous attendais avec patience depuis que vous avez gagné la lune.

Suis-je surpris de l'entendre et de la voir surgir? Je note que sa présence a, imperceptiblement, précédé sa voix, mais que sa voix a précédé son apparition. Et cela fait autant de différences qui jouent de mes nerfs. La comtesse est blanche, vêtue d'une robe qui tombe des épaules jusqu'au sol, et dont la blancheur magnifie le hâle de la peau et la rousseur de la chevelure. Je ne réussis qu'à balbutier :

– Vous êtes... vous êtes trop belle.

– Il me plaît, dit-elle, d'être belle au moins dans vos yeux, car vous avez mérité aujourd'hui de rencontrer la beauté.

– Vous étiez mon seul but, dis-je.

Elle sourit. Je la regarde au visage. J'aime ses pommettes hautes et l'éclat de son œil, bien qu'il y brille je ne sais quoi d'inexorable.

– Je vous avais remarqué dès votre arrivée au village... J'ai mes espions, précise-t-elle avec une moue amusée.

– La beauté...

– Nous parlerons plus tard de la beauté. Vous avez franchi toutes les épreuves... Les premières... Vous disposez par conséquent de certains pouvoirs, et ma rencontre vous les garantit.

Elle me dévisage si crûment que je me déshabitue aussitôt de ma nudité. Je sens que je me trouble, mais je résiste en la fixant dans les yeux, où mon regard fait grandir la nuit de sa pupille.

– La nudité, dit-elle, est cruelle parce qu'elle démasque, mais le démasqué n'est pas forcément celui qui est nu.

J'écoute sans bouger de ses yeux. Je voudrais qu'elle continue, qu'il y ait des mots : une marée montante de mots blancs, qui nous baignerait à contretemps.

– Vous vous souvenez de la première fois : j'étais nue, mais souveraine. Parfois le temps se renverse, et le sexe se remplit de ce qui remplissait l'œil, ou le contraire. Et puis la nudité est encore un vêtement... Le dernier...

Elle prit ma main pour m'entraîner sans me désoccuper encore de ses yeux ; doucement, elle pivota, et je me trouvai son suivant : nous étions en train de traverser la terrasse en direction de l'ouest, où se dressait un monticule blanc. On aurait dit un igloo de marbre, ou un sein. Nous y pénétrâmes. C'était une grotte tapissée de feuilles et de fleurs. Tout y était baigné d'une lumière qui venait de partout et ne faisait pas d'ombres. Il y avait des fauteuils, des boissons : la comtesse m'invita à choisir.

– Le rite de la lune fut votre *incident*, dit-elle... Toujours l'inattendu arrive incidemment, sinon je le suscite ma-thé-ma-ti-que-ment. Il suffit de compter avec l'imaginaire. Et pour le reste d'obéir à un code si strict que seul l'inattendu, justement, puisse y survenir. Créez le vide quelque part, il appelle aussitôt son contraire : créez de l'immuable, il fera pareil. J'aime le théâtre. Rien de plus réglé que le théâtre, mais toute règle est un labyrinthe qui mène au minotaure, en même temps qu'elle le tient captif. La tête invente la règle pour se préserver de la noirceur du ventre, mais plus elle construit de méandres, moins elle sait derrière lequel est embusquée la nuit. Ainsi, faite pour parquer le monstre, la règle en vérité lui ménage des caches, si bien qu'il peut nous surprendre à n'importe quel moment. Cette contradiction dans notre système de défense, c'est le tragique. Ici, j'ai fait en sorte que le système soit tellement parfait que la contradiction n'en soit que plus vive. Il faut être tragiquement conscient de ce qui nous guette; pour vous l'apprendre j'ai dû vous faire violer par mes chiens. Mais vous êtes allé plus loin : vous avez deviné ce qu'il y a au fond de l'abjection : un ange qui se lève, et qui n'est pas contradictoire. Moi, je n'ai fait que vous donner une chance : celle de mourir ou de vous réinventer. La première fois, quand j'ai tendu ma main vers vous, j'ai seulement choisi de vous envoyer au supplice... Tous n'en réchappent pas... Vous, vous avez accepté l'épreuve... Celle de la conscience qui s'allume et décape le monde; celle de la conscience qui voit le squelette, c'est-à-dire les motivations. D'acteur passif, vous êtes devenu grâce à moi l'acteur de vous-même... Je discours, cela fait partie du rite. Je vous flatte. Je vous endors. Vous n'êtes que l'un des termes d'une phrase que je prononce, et que je prolonge pour m'amuser à en faire concorder les temps d'une façon un peu plus compliquée. Il m'arrive de nourrir mes chiens des couilles de mes visiteurs...

Elle tendit vers mon bas-ventre l'un de ses pieds nus,

et j'en adorai la courbe alors même qu'il soupesait ce double sac qui est l'attribut de la virilité.

– Je comprends Emma, dit-elle, mais je ne vis plus sous le règne de la quantité. D'ailleurs, vous avez vu : je fais la neige et le beau temps. Qu'en pensez-vous?

– Je vous écoute.

– J'aime assez que l'on joue avec moi. En somme, je ne vous demande que de vous conjuguer au présent.

– Vos chiens m'ont appris suffisamment que je n'étais qu'un mot dans votre bouche.

Elle me fit signe d'approcher. Je vins près d'elle. Ses yeux se levèrent vers mes yeux, et tandis que j'y lisais toujours la même intelligence mais feutrée de douceur, elle saisit ma main droite et la porta brusquement à sa bouche profonde. Je crois que mon regard sut ne pas changer, bien que mes doigts s'impatientassent à sentir le seuil humide et la pression des grandes lèvres. D'ailleurs la comtesse retira aussitôt ma main.

– Vous voyez que vous pouvez être autre chose, dit-elle, mais je croyais que vous me désiriez.

– Depuis toujours, mais cela me rend merveilleusement patient.

– Les meilleurs acteurs sont ceux qui, tout en improvisant, ne font que rendre plus sensible la contrainte de la règle. Alors, le labyrinthe est là, et la bête présente : le cœur se noue et la vieille question de la vie ou de la mort devient inéluctable.

Je portai à la hauteur de mon visage ma main mouillée de sa liqueur intime, puis la respirai longuement. La comtesse n'avait pas cessé de me fixer. Elle se détourna tout à coup, ramena de derrière son fauteuil un livre, l'ouvrit apparemment au hasard et lut :

– On a beau réunir trente rais dans un moyeu, l'utilité de la voiture dépend de ce qui n'y est pas... On a beau mouler l'argile pour faire de la vaisselle, l'utilité de la vaisselle dépend de ce qui n'y est pas... On a beau percer des portes et des fenêtres pour faire une maison, l'utilité de la maison dépend de ce qui n'y est pas... Ainsi, tirant avantage de ce qui est, on se sert de ce qui n'y est pas...

Elle jeta le livre, posa sur moi le même regard grave, puis éclata de rire :

– Que pensez-vous de mes chiens?

– Ils gagnent à être connus.

– Vous verrez : il y a aussi des épreuves pour chiens et des épreuves pour dresseurs de chiens...

Nous eûmes le même sourire. J'étais calme. Je voyais sa beauté : elle était d'être sans âge. Elle était dans la décision de la beauté. Son visage, ses gestes, son regard étaient exacts, d'où toujours cette harmonie répandue, en même temps que cette espèce de défi, par éclats. Les yeux, la chevelure, les seins me frappaient moins tout à coup que la pose qui produisait leur beauté. Mais la pose, je le voyais maintenant, était dictée par leur intelligence : c'était la phrase juste où s'exprimait chaque partie du corps, vivement.

– Aimeriez-vous me monter?

– Je n'ai que votre volonté, dis-je.

– Votre instrument est bien modeste en ma présence.

– Et le vôtre bien voilé, madame.

Mona se rejeta en arrière, et tandis que le dossier de son fauteuil basculait, notre abri se trouva plongé dans les ténèbres. Je me levai. J'allai me pencher vers Mona, quand apparut à sa place un faisceau glauque, dont le vert monta peu à peu jusqu'à devenir un long cube de lumière, à la surface duquel un squelette flottait. Lentement, le vert perdit de son intensité, et au fur et à mesure que la lumière diminuait, je vis des organes prendre place sur les os. Une seconde, la ténèbre redevint complète, puis, brusquement, tout fut comme avant. Mona me regardait en souriant : rien ne s'était passé. Maintenant, elle tendait ses mains vers mon ventre et doucement en flattait le bas. Mon corps était partagé entre l'élan et l'hésitation, et l'étrange était que l'un n'avait rien de moins instinctif que l'autre. Toutefois, la contemplation de Mona fit renaître le ravissement, et mon sexe grandit.

– Mon corps est le labyrinthe, dit Mona. Et voici le doigt lecteur d'énigmes.

Elle fut prise de frénésie et se mit à malaxer mon membre, mais je demeurai quand même incertain de son désir. D'ailleurs, elle continuait de parler :

– Je voudrais me lire à travers ce qui me déchiffre. Tout s'écrit, et cependant rien ne reste... sauf une trace. Rien ne reste du surgissement dans le surgi. Rien que l'illusion attachée aux mots. Mon château est mon livre. Vous l'avez parcouru, même vous, comme un lecteur pressé par l'anecdote. Vous l'avez parcouru sans voir sa figure... Je voudrais y former une équation d'hommes et de femmes entre les deux parties de laquelle la conscience du gonflement du sens ne s'éteindrait jamais – et peut-être la conscience de cette montée respirante rendrait-elle concomittants le savoir et le pouvoir. Voulez-vous tenter cela avec moi?

– Oui, mais à travers vous.

Mona s'inclina vers moi, et tandis que ses lèvres se posaient sur mon sexe, sa chevelure se répandit sur mes cuisses, sur mes hanches, si bien qu'il me sembla être plongé jusqu'à mi-corps dans un fleuve d'or roux. Et cette vision me fascina au point que ce que je voyais devint à mes propres yeux comme une apparition : je m'apparus dans le fleuve de la connaissance d'elle – pur spectacle où j'étais à la fois présent et absent, où j'étais tantôt moi-même et tantôt mon double. Mais alors que je m'abandonnais à cette pulsation, Mona se retira, me regarda, reprit :

– Après le règne du Je, il va bien falloir que vienne le règne du Nous, dont le couple exprime déjà la nostalgie. Je voudrais perdre dès maintenant mon nom; je voudrais que commence cette entreprise collective.

J'écoutais. Je désirais Mona et ce futur qu'à travers elle je croyais voir. Je n'imaginais rien. Je me tendais vers elle.

– En attendant, poursuivait-elle, je cherche à mettre au point une pratique susceptible de faire évoluer l'individu, susceptible de modifier son énonciation. Les exercices principaux jouent soit de la cruauté, soit de la dérision, soit de la déception systématique... Il faut beaucoup de volonté pour décevoir... La déception entraîne le dérèglement des sens : elle fêle l'écran mental habitué aux seules projections du Je, et par cette faille d'autres images passent... ou peuvent passer. La déception est analogue à la cruauté : elle est, par rapport à elle, la violence froide... Les femmes savent cela d'instinct. Le vagin est un phallus déçu, et que sa déception a retourné. Le Nous le dépliera...

Mona reverse sur moi sa ruisselante chevelure; sa bouche me reprend, et je ne sais pourquoi j'ai soudain besoin d'affirmer :

– J'ai vu la blancheur de l'os au fond de la plaie; j'ai entendu l'œil exploser sous les dents; j'ai vu la fleur de chair saignante; j'ai vu la giclée du cerveau...

Mona se recule, me regarde au visage, dit.

– Un jour, on fixera entre mes cuisses une ridicule foutoire en bois, et je viendrai vers toi, et de deux coups de reins je crèverai tes yeux, et tu jouiras pendant que j'enfilerais les trous sanglants.

Je bande. Mona me regarde toujours au visage. Le désir me soulève, me tend vers elle. Sa bouche me reprend, m'enveloppe d'un tourbillon humide, serre ma hampe. Je me cambre et je vois : je vois que je travaille à trouer le visage de la beauté. Je me cambre davantage, mais à l'instant la bouche me dégorge :

– Vous êtes bien membré, déclare Mona, mais cette matraque vous gêne car nous avons encore à parler : je vais vous faire achever par l'un de mes amis.

Elle appuie sur un bouton, et bientôt je vois glisser sur le seuil une grande ombre.

– Voici Kao, dit Mona.

Un gigantesque singe entre.

– Un nouvel ami, fait-elle, en me désignant au singe, qui me tend la main. Je réponds à l'étreinte de la poigne, puis retourne m'asseoir dans mon fauteuil.

Le singe s'accroupit devant moi.

– Kao, lui dit Mona, mon ami a besoin de toi.

Le singe se penche vivement et d'un coup, enfourne ma pine dans son énorme gueule, cependant que Mona continue :

– Kao est mon favori. Il ne s'éloigne jamais de mon ombre. Il est irremplaçable. Quand j'ai besoin de femmes Kao part en campagne; quand j'ai besoin d'hommes Kao part encore en campagne. C'est à la fois la tête et les membres de ma garde privée.

Tourné vers Mona, j'essaie de lui présenter une figure attentive. Le singe, tout en travaillant ardemment de la gueule, tantôt me dévisage de ses petits yeux fureteurs et cruels, tantôt louche désagréablement vers mon bas-ventre.

– Kao, poursuit Mona, Kao a une denture divine : je n'emploie jamais d'autre sécateur pour ma cuisine.

Elle me sourit. Moi, dans un grand effort et sans quitter son regard, je me cambre pour offrir plus de commodité aux caresses du singe.

– Plus vite, dis-je à la bête, plus vite.

Et, de la main, j'entreprends de lui flatter le menton et les babines, cependant que je lui fourre dans la gueule tout mon instrument. L'animal, bien que je lui braquemarde la gorge, semble apprécier l'intention. Ses lèvres pendantes font un bruit inquiétant de déglutition ; je me souviens d'une promenade dans un marais, où chacun de mes pas déclenchait à peu près le même bruit. Je me souviens. Je me promène dans la bouche. La langue s'est enroulée autour de ma hampe. Les papilles sont mille petites ventouses suceuses. La salive couvre mon ventre, mes cuisses. Un arbre pousse au bout de moi. Ses feuilles cherchent le soleil rouge ; ses racines pompent mon sang. Je regarde fixement Mona ; j'essaie d'avoir le visage léger ; je dis :

– Sa salive ne vaut pas la vôtre, madame, mais sa langue a presque un pouvoir supérieur à celle de vos chiens. Pourquoi ne pas faire plaisir à votre King-Kong ? Vous devriez lui mettre un peu la pine en branle.

A mon étonnement, Mona se lève aussitôt docilement, vient s'agenouiller auprès de la bête et commence de lui masser le membre.

– Regardez, fait-elle, voici une chose hors catégorie, c'est sûrement ce qu'on appelle l'idéal.

Mona appuya son front contre le flanc velu et s'appliqua à régler le rythme du va-et-vient de sa main sur celui de la respiration de l'animal. Les yeux de ce dernier brillaient, mais sa gueule travaillait plus lentement. Le couple inattendu que j'avais à mes pieds me faisait penser aux couples de donateurs qu'on voit aux vitraux des églises. La grâce montait-elle des mains de Mona jusqu'à mon vit, ou bien de lui, et à travers la bête, descendait-elle jusqu'aux mains de Mona? Le spectacle, en tout cas, me donnait un avant-goût du corps mystique.

Mona releva le front, me sourit, et le nimbe que lui faisait sa chevelure me parut en effet la doter déjà de qualités célestes.

– Il faudrait, dit-elle, que je vous conte l'histoire de Kao... Le discours ne nuit pas au foutre : il l'élève de la simple activité de reproduction à la spéculation par excellence... Je faisais un voyage en Afrique du Sud. Un jour, bien que je ne m'intéresse pas aux rumeurs d'un pays où, justement, l'on ne spécule pas, ou seulement sur le tarif des bêtes, je fus saisie par la physionomie de singe qui ornait toutes les premières pages. Je me fis traduire le jargon : il s'agissait d'un certain Kao, singe de cirque, qui faisait scandale. Il se livrait, disait-on, à des exhibitions choquantes, bonnes tout au plus pour un public de brousse. Il fallait que l'autorité sévît. Je crus d'abord à quelque machination destinée à justifier l'ardeur policière, puis ma curiosité se piqua, et je décidai d'aller voir. On s'arrachait les places; j'eus la mienne à prix d'or. On vit, pour commencer, ce qu'on voit toujours : des jongleries, de la gymnastique, des sauts de la mort; puis quand le spectacle du danger eut bien surexcité la salle, « Kao, Kao, Kao », se mit-on à hurler de partout. Il y eut des roulements de tambour, des cris de trompette, le silence. Arrivèrent trois chevaux blancs empanachés, montés par trois donzelles aux couleurs que l'on prête à la lune. Cela, naturellement, se mit à caracoler, à faire des mines et des grâces, tout en voltigeant de croupe en crinière. Je ne comprenais pas la tension dramatique qui montait dans la salle. J'allais même sortir quand apparut le grand singe. Il bandait royalement. Un projecteur désignait sa foutoire, que l'on avait enduite pour la faire briller. Les chevaux accélérèrent. Il y eut un ballet de froissements d'air, de pinceaux de lumière parmi lesquels les écuyères semblaient faire la scie. Le singe tournait lentement autour de l'arène. De temps à autre, il martelait sa poitrine, et l'on entendait battre le cœur des femmes, car il régnait un silence fantastique. Cette espèce de ballet se prolongea longtemps, puis Kao bondit en direction d'une écuyère, qui fit détaler sa bête au grand galop. La poursuite fascinait la salle. Enfin, d'un grand élan, Kao fut en croupe, et, dans le même mouvement, il éleva l'écuyère au-dessus de sa tête, la maintint d'une main cependant que, pivotant sur l'autre, il changeait de position et tournait le dos à la course pour que l'envol de la crinière ne dissimulât point son érection. Alors, quand il se fut bien calé, toujours brandissant son écuyère, on le vit effeuiller les habits de cette dernière et les lancer un à un vers les quatre axes de la salle. Ensuite, des deux mains, il saisit l'écuyère aux hanches, lui écarta les jambes d'un habile coup de menton, les disposa de part et d'autre, talons sur les épaules, et, la tenant ouverte à bout de bras, il éleva sa fente vers la foule, puis l'abattit d'un coup vers sa machine où elle s'empala. On entendit un cri. La robe du cheval se tacha de rouge...

Kao écoutait. Quelque chose flambait dans ses yeux. Sa langue m'aurait trop promptement arraché du foutre, si bien davantage et à contre-courant, je n'avais joui de la contemplation de Mona, discourant tout en branlant son ami singe, dont la foutoire prenait des proportions extravagantes.

– J'ai oublié de dire que l'écuyère était noire... Un soir, alors qu'il était déjà normalement lancé à la poursuite de sa proie, Kao saisit brusquement une Blanche du premier rang, bondit avec elle en croupe, l'effeuilla, lui fit le coup de l'écuyère... On réagit trop tard... Le scandale fut terrible. Il me permit d'acheter Kao, que je sauvai ainsi du peloton d'exécution... Kao comprit évidemment, car il me fut aussitôt très attaché. Je l'emmenai passer des vacances en mer, puis mon yacht alla mouiller sur une côte peu fréquentée des Blancs. Kao put courir la campagne, et il me ramenait chaque jour un hommage : parfois un onagre, une girafe, plus souvent de belles négrillonnes, dont je devins friande. Les tam-tams annoncèrent la venue d'un dieu amateur de jeunes filles ; le sang de poulet fuma sur les autels ; on tira des présages des branches cassées et de l'herbe foulée par Kao, mais tout cela désignait la mer et s'y perdait. Enfin, lassée de tant de négritude, je fis lever l'ancre et rentrai ici avec ce bon gardien...

L'urètre de Kao moussait avantageusement. Sa chose ressemblait à présent au phallus de Délos avant sa réduction chrétienne ou barbaresque, et la main de Mona ne couvrait que la moitié de la rondeur. Je bandais toujours à pleine peau, mais ne me sentais plus en danger de perdre prématurément ma semence.

– Vous voyez, cher, une fois qu'une femme s'est emmanchée sur cet appareil, elle n'espère plus grand-chose des mâles de son espèce. Le problème est qu'il y faut une pointure d'accouchée, ou bien une certaine préparation... Kao est le degré suprême du fouting... Avant Kao, il n'y avait rien ; après Kao, il n'y a plus rien... Kao est mon instrument – l'instrument de ma faveur ou de ma disgrâce... Kao est mon pal, et Kao a maintenant l'intelligence du pal, qui sait faire durer sa victime. Kao est insensible, sinon à ma colère, et à défaut d'écuyères, il ne prend plaisir qu'aux juments. Il faut le voir foutre ses amantes à la course, dans un nuage de cris et de poussière, qui fait se ruer toute l'île au spectacle. J'ai dû d'ailleurs limiter les séances publiques, car chaque fois c'était une hécatombe : les femmes, prises d'hystérie, se roulaient par terre, s'arrachaient les cheveux et les poils, s'usaient le sexe sur les pierres ou bien s'empalaient sur les piquets de clôture et les supports de vigne. Aux hommes qui n'allaient pas assez vite à les foutre, elles mangeaient les couilles et les yeux... Quand Kao fout publiquement, c'est comme l'entrée d'Héliogabale à Rome. On voit des rondes s'enculer, des femmes boire du sperme par tous leurs orifices, des jeunes gens se jeter sous les sabots de la jument, et moi, il m'arrive de lâcher dans cette mêlée mes chiens et mes serpents pour qu'il n'y ait plus de limite à la folie collective. Alors, le foutre et le sang mouillent la terre, et le piétinement terrible qui malaxe cette boue vivante fait monter à la surface de la pâte de grosses bulles, qui éclatent comme des yeux. Et là-dessus, quel merveilleux soleil, le soleil des arènes... vous verrez...

Mona haletait, et son corps se balançait d'avant en arrière pour suivre le long mouvement qu'exigeait à présent la montée et la descente de ses mains d'un bout à l'autre de la pine du singe. La fatigue et l'exaltation creusaient ses traits, faisaient briller ses yeux ; j'aurais voulu la retenir et à la fois j'étais heureux de la regarder s'épuiser au service de la bête. Soudain, je dis :

– Ne pourriez-vous le faire achever par quelqu'un?

– Imbécile! hurla-t-elle. Tu verras quand je ferai grandir ça dans ta bouche! Sais-tu à quoi ressemble un visage fendu jusqu'aux oreilles? Ensuite, on coupe la mâchoire inférieure, et chacun vient pisser dans le trou.

Kao venait d'immobiliser sa bouche, où tout mon appareil était engagé. Un éclair de méchanceté illuminait ses yeux. Je sentais les dents appuyer sur le bas de ma hampe. J'avais peur, comme au bord d'un gouffre. Mona éclata de rire :

– N'oubliez pas que nous sommes amis, et d'ailleurs vous n'êtes pas au menu.

Kao cracha ma pine et se redressa, dominant Mona qui inclina vers son visage l'énorme sexe. Un moment, les mains nouées autour du gland, elle contempla l'orifice de l'arme, puis se leva et regagna son fauteuil.

– J'aimerais, dit-elle, que vous enfiliez l'urètre de Kao, si je n'avais peur que vous ne l'abîmiez. Mieux vaut qu'il aille retrouver ses juments.

Elle fit un geste, frappa dans ses mains, Kao gagna aussitôt la porte et disparut.

– Mais vous-même, dit-elle, qu'allons-nous faire d'un aussi gros gressin?

Ma pine, comme empesée par la bave du singe, était formidablement raide. Son ombre marquait l'heure sur mon ventre. Je rêvais d'un midi au soleil de Mona.

– Voulez-vous un anus, une bouche, un vagin? Vous pourrez même choisir l'âge et la couleur.

– Puisque nous sommes amis, madame, vos deux pieds pourraient suffire à mon plaisir.

Mona se pencha, puis lança vivement vers moi sa main droite : il en jaillit une lanière qui me cingla en pleine poitrine.

– Merci, dis-je. Si vous commenciez...

Mona sourit, se rapprocha, leva les jambes et les fit glisser le long de mes cuisses, jusqu'à ce que ses talons aient pris appui contre l'aine. Alors, les deux creux m'enveloppèrent d'une ferme caresse dont je facilitai le va-et-vient en y participant.

– Parfait, dis-je, mais pourquoi voiler mon horizon? votre mont de Vénus y ferait merveille.

Les jambes se raidirent, l'air siffla, un peu de sang étoila ma poitrine. Lentement, je levai l'un de mes pieds et tentai de le pousser entre les cuisses de Mona. La lanière, par trois fois, mordit mon cou et mes épaules.

– Vous avez tort, dis-je, la beauté fait bander doublement, car le désir de son désir nous possède. Devant ta beauté, j'ai besoin de dire Nous; devant ton sexe, c'est seulement Je qui crie de faim. Devant ta beauté plus ton sexe, je...

– Comme tout cela est banal. Il n'y a plus de rose mystique : il n'y a que ta pine et mon trou, et nous devons seulement varier les figures pour intensifier l'absence qui creuse l'un, que veut combler l'autre...

Elle se raidit et sa robe parut se déchirer de haut en bas, montrant l'espace entre les seins, le ventre, les cuisses longues, mais notre position me cachait presque tout, les genoux de Mona restant serrés pour assurer la prise de ses pieds autour de mon sexe. Je m'enfonçai dans mon fauteuil pour obliger les jambes de Mona à s'allonger, et relevant la tête, je vis la base du triangle roux. J'accélérai le rythme dans l'espoir que le frottement des cuisses exciterait la fente et la ferait bâiller, mais les pieds me pompaient par le seul effort du jarret contre mes propres cuisses. Mona cependant continuait de m'invectiver :

– Il faut combattre l'oppresseur avec ses propres armes ; il faut retourner contre nous-mêmes ce dont nous aurions tendance à nous satisfaire ; il faudrait que nous soyons toujours un œil ouvert. Je voudrais écorcher ta queue, te mettre à vif...

Alors, sans que ses pieds cessassent de pomper, elle lança de nouveau vers moi sa lanière et frappa en plein front. Il me sembla que ma peau éclatait, mais aussi que je voyais plus clair. La lanière rentrait, eût-on dit, dans la main de Mona et en rejaillissait avec un sifflement de vipère. Je voyais le cuir se dérouler vers moi, m'atteindre, repartir taché de sang.

– Que diriez-vous d'un joli quadrillé ? fit Mona en éclatant de rire.

– Des losanges plutôt : il y a un fou dans toute bonne tragédie.

Mon torse flamba sous les coups qui suivirent. La main s'ouvrait, se refermait : elle jetait vers moi la douleur comme on lance un yoyo. Tout à coup, je criai :

– Qu'as-tu fait de ta fente de putain ?

L'air s'immobilisa, devint épais de silence. Mona me regardait au visage, et quand j'eus mes yeux dans ses yeux, j'y lus toujours la même intelligence intraitable, mais si profonde qu'à la fois elle me bouleversait de joie et me terrifiait.

– Tu voudrais me baiser ? dit-elle doucement.

Je la regardai. Je n'osais espérer. Je n'osais bouger. J'étais suspendu.

– Viens, dit-elle encore.

Elle retira ses jambes et ramena sur elles les deux pans de sa robe, d'un geste qui me parut la pudeur même. Ses yeux me souriaient maintenant, et il y avait sur son visage la lumière de l'amour. Je tendis mes mains vers ce visage, me levai, me rapprochai, esquissai une caresse. Il neigeait de nouveau, il neigeait de la douceur. Mes mains s'en allèrent sous la cascade rousse flatter la nuque, puis l'oreille. La bouche de Mona vint se poser au creux de ma hanche.

– Je t'aime, dis-je.

– Je vais me montrer toute à toi, dit-elle.

Elle se leva d'un seul élan, se tint une seconde contre moi, cambrée, les yeux illuminés, puis se détourna tout en faisant glisser sa robe. Je vis les épaules et le dos inondés de mèches rousses ; je vis la courbe adorable et les deux globes, puis un brusque déploiement des bras décrivit comme une roue dans l'espace, cependant que Mona se renversait devant moi, jambes ouvertes. Entre ses jambes, il y avait une énorme tache blanche – en vérité un masque de céruse au sommet duquel la toison faisait comme un toupet. Deux gros yeux me fixaient depuis le plus profond du ventre et entre eux, la grande bouche qui partageait verticalement ce visage était fardée de rouge sur tout le pourtour des lèvres soigneusement rasées. Dans cette bouche, baveuse et crispée, une énorme pipe était plantée : une pipe au double fourneau.

CHAPITRE HUITIÈME

Je savais à présent ce qu'est la violence froide. Mona se releva tout aussi brusquement qu'elle s'était renversée et dit :

– Chevalier, vous avez une triste figure, que diriez-vous d'une bonne pipe?

De la main gauche, elle me fit pivoter; de la droite, elle retira l'objet qu'elle avait entre les jambes et, d'un coup, me l'enfonça dans le cul.

– Couilles devant, couilles derrière, vous voici un surhomme!

J'étais sale, sanglant, saturé; je touchais quelque chose en moi, quelque chose d'effondré – mais non, j'étais enfin en ruine, l'herbe n'allait plus repousser, ni la mousse : je verrai ma terre brûlée – la terre nue et l'arbre – l'arbre d'os toujours dressé au bout de moi – statufié, minéralisé... Une seconde, j'eus ce rêve blanc, mais presque aussitôt j'en fus tiré par le bras raide qui poussait de mon ventre, et qu'excitait de plus belle ce qu'on venait de m'emboîter au derrière. Je me tournai vers Mona, la vis qui se penchait pour ramasser sa robe, et la saisissant à la nuque et à la toison, me jetai sur elle. Ainsi, je la maintins pliée, et contrainte de me faire beau cul, elle m'ouvrit le nid charnu au fond duquel palpitaient les fronces de l'œillet. Je poussai ma foutoire aussitôt au bord de la corolle, lançai mes hanches à toute volée et m'enfonçai jusqu'à la garde. Mona gémit, mais demeura docilement courbée, crispant l'anus par saccades pour m'exciter. Ses mains remontèrent même le long de mes cuisses pour me flatter les fesses et manier la pipe qui m'enculait. Ce double jeu s'intensifiait du fait que Mona le partageait, même si elle me demeurait parfaitement obscure. Je nous vois faire. Je me souviens. Le sexe bave dans ma main que le fard des lèvres a barbouillé de rouge; j'y plonge l'autre; j'en colorie le ventre et les seins, les épaules et la ligne de nuque à partir de laquelle la chevelure renversée balaie le sol. Ma pine émerge et rentre et balance le temps. La pression de tes mains me colle à toi, la pression de tes mains qui me travaillent au fondement. J'enfonce. Je force. Je m'enfonce, couilles choquant la bouche chaude. Je gonfle encore. Je sens la bague et le tuyau. Je veux gonfler jusqu'à l'explosion et que mon sang transmue la fosse à merde.

Ô cul, vieux crâne chauve, quel trépan archaïque t'a fendu si profond? Ou bien ta grande fontanelle ne bâille-t-elle ainsi qu'afin de nous montrer que tu es deux en un, avec la symétrie de tes deux hémisphères, polis comme galets et pareillement nus? Ô face austère, image blanche des fabuleuses mutations, tu flottes sur le temps comme méduse sur la mer, méduse sèche, invariable et tellement finie que l'infini s'y cogne, faisant autour de toi cette houle invisible qui, comme par magie, tourne les têtes à ton passage! Ô face de silence, quelle bouche cyclopéenne où la parole n'est que vent! Je te salue, car à l'heure où l'usurpatrice touche terre, ta courbe enfin touche le firmament, et tu domines, ô cul, et c'est la vérité que tu fixes là-haut! Et ceux qui ont des yeux pour voir voient alors, au centre de leur propre raie, briller l'unique chrysostome!

Je gonfle. L'Autre ne bouge plus qu'au pourtour, par saccades, et ses pressions m'illuminent la hampe. J'ai devant moi la colonne des vertèbres, et c'est sa cavité que j'enfile, m'imaginant y voir monter, comme le mercure au thermomètre, la lumière de notre amour. Je suis le serpent des vertèbres, le dieu noir du nadir, le contrepoids de l'autre soleil, mais comment la flamme sombre se change-t-elle en son contraire? à travers quel oubli de soi? Et n'est-ce pas le plus grand mystère que l'oubli de soi qui vous métamorphose en quelqu'un d'autre? Je me souviens. Vous ne bougez plus. Vos mains, cramponnées à mes fesses, me plaquent contre vous. Et vous poussez, vous vibrez, vous êtes intérieure, et mon phallus en votre cul est comme pierre en le foyer du philosophe. Vous êtes belle : je le vois sans vous voir. Vous êtes mon équerre et l'angle où la marée déferle et roule sur soi-même. Vous êtes, vous êtes là : exacte, à fleur de peau. Vous allez monter de vous-même à ma rencontre ainsi que la buée monte de la terre. Mais où suis-je? Courbé sur vous comme l'Isis nocturne ou bien si pivotal que je ne suis que pointe, et pointe qui vous cloue? Ou bien encore, votre cul est-il le Globe à l'intérieur duquel je joue à nous jouer, vous-même étant tout à la fois le lieu, le temps, l'action et l'assistance? Mais vous riez soudain, et l'édifice tremble autour de moi et cela me rend l'amour que je lui fais et je vois les marches : la spirale qui descend dans votre corps, et je me dis : closes sont les portes, mais non la faille, par où je tombe, par où toute ma nuit tombe sur votre nuit qui monte. Ô le théâtre, fourneau de la métamorphose! Et nos mains, nos mains qui rendent tout cela si étroit et si creux, qu'il n'y a rien d'autre au monde que cette chute dedans et ce vide dehors. Mais vous riez : vous avez lu mon rêve, vous avancez les hanches pour me jeter dehors, et je vois, de mon ventre à votre trou du cul, cette passerelle de chair qui me fit faire tant d'idées. Où suis-je? Là, debout, – me regardant sortir de toi comme un étron, et riant – riant moi aussi de me voir tomber de si peu haut.

– Nous avons voyagé, dis-je.

– A peine, dites-vous, je suis sèche.

Et vous achevez de me chier, et vous vous redressez, et vous me regardez de votre œil inexorable, et vous me crachez au visage, et vous êtes belle, avec cette crête dressée entre vos jambes et ce rouge partout qui vous fait des dessins sauvages, face auxquels je me sens plus nu et tel que ces marins, descendeurs de fleuves impassibles, qu'on allait crucifier aux poteaux de couleurs. Vous bâillez. Vous dites :

– Je m'ennuie.

Vous allez vers le lit de fourrure. Vous disposez les coussins. Vous vous allongez, face à moi. Vous me regardez. Vous mettez vos yeux dans mes yeux, pour que je sente la distance et le froid. Vous insistez, cependant que vous vous cambrez, que vous écartez vos jambes. Vous êtes belle. Vous êtes nue. Vous ramenez lentement vos mains vers vos cuisses. Vous les posez de part et d'autre de la motte souillée de couleurs. Vous dites :

– Ici. A genoux. Lave-moi.

Et je dois m'avancer, m'agenouiller, courber ma tête, tendre mon visage. Vous me giflez. Vous me prenez aux cheveux. Vous lancez ma bouche contre votre bouche basse. Vous la frottez contre elle. Vous la déchirez avec vos poils raides de fard. Vous hurlez :

– Je ferai litière à mon chat avec la sciure de tes lèvres, avec la grenaille de tes dents, avec les copeaux de ton visage.

Vous hurlez. Vous êtes belle : je le vois sans vous voir. J'ouvre la bouche. Je sors ma langue. Je vous lèche. Mon nez vous respire. Par la fente de mes paupières, je vois que vous êtes peinte comme les vieilles vierges, et que parmi les plaques et les écailles on voit paraître l'âme, cette peau blanche. Je lèche. Ma salive est rouge et amère. Je lèche. Votre crête s'entrouvre sur une odeur d'amande. Vous hurlez encore :

– Langue sèche, langue minable, mon clitoris va te crever les yeux pour que quelque chose enfin baigne ma blessure.

Je lèche. Je salive. Votre main est nouée sur ma nuque. Votre fente se creuse. J'y bave. J'aspire l'intérieur de ma propre bouche pour en tirer une gorgée de bave, que ma langue répand de haut en bas. Vous soulevez vos cuisses. Vous vous poussez à ma rencontre. Vous vous ouvrez. Vous prenez mon nez, ma bouche entre vos grandes lèvres. Vous vous fixez à mon visage comme le poulpe au rocher. Votre bec pointe entre mes yeux. Vous criez :

– Sale chien, te voilà muselé!

Et je pense : travestissez-moi en vous, faites-moi un visage qui soit votre corps, agrandissez ma bouche de votre bouche. Et je vous souris intérieurement, et je vous lèche, et vous baguez ma langue en crispant l'entrée de votre con. Cependant que je vous vénère ainsi, un effort maladroit chasse d'entre mes fesses la grosse pipe que vous y avez logée. Vous ramenez vos jambes en arrière. Vous posez vos pieds sur mes épaules. Vous me projetez à la renverse, tout en explosant de fureur :

– Barbet de barbon, tu fais le clabaud par-devant et la bouche bée par-derrière! Si tu as joué au casse-pipe, je vais jouer au casse-couille! Ramasse! Apporte!

Vos yeux sont blancs de colère. Vos genoux relevés accentuent le bâillement de votre fente. Vous jouez bien. Vous êtes si présente que j'ai honte d'être à la renverse. Alors, je me tourne, je rampe, je ramasse la chose, je reviens, je fais le beau. Vous ne me voyez pas. Vous ne voyez que mon et votre personnage. La chose est dans ma main. Elle est chaude encore de ma chaleur. C'est la première fois que je vois, que je touche cette sorte de masque. Cela est souple et dur à la fois. Je l'élève vers vous, une couille dans chaque main. Je l'élève et le maintiens à hauteur de mon visage. Vous riez. Vous avancez la main. Vous caressez la hampe, et puis, soudain, vous m'arrachez la chose, vous la brandissez, vous me l'abattez sur la tête, sur la bouche, sur les yeux, et vous riez. Vous riez. Vous dites :

– A moi la fleur des pines, tressez-m'en des couronnes, faites-m'en des vaporisateurs...

Et vous riez, riez. Vous êtes belle. Vous me frappez encore. Votre ventre remue entre vos cuisses. Vous mettez du rouge et du blanc sur la fourrure. Vous avez de l'écume sur les lèvres. Vous avez les seins mauves et vous montrez les dents. Vous avez cessé de me regarder. Vous restez le bras en l'air, comme si vous étiez saisie par ce qui arme votre main. Vous regardez : c'est un phallus noir. Vous l'approchez de votre visage. Vous lâchez tout à coup sa hampe mais le rattrapez par les couilles. Vous dirigez vers moi la pointe noire. Vous criez :

– Suce ta propre merde!

Vous lancez la chose vers ma bouche, à bout de bras et de toutes vos forces. Vous lancez mais je serre les dents. Vous tuméfiez mes lèvres. Vous lancez. Vous lancez, et votre regard rencontre mes yeux. Vous voyez l'image et je vois en même temps que vous mon œil crevé. Vous savez aussitôt qu'à ce coup je vais ouvrir la bouche, et vous m'enfoncez la chose dans la gorge, couilles au ras des dents. Vous me voyez suffoquer et votre œil chante. Vous avancez et reculez votre main. J'ai le goût du pal dans la bouche, le va-et-vient de sa douleur. Vous dites :

– Ouvre les yeux!

Votre main enfonce, retire. Je salive, je fais coussin de ma langue. Votre gorge bat. Vos lèvres sont gonflées. Vos narines frémissent. Vous êtes belle. Vous maniez la chose très régulièrement, et je la suce avec docilité. Je la suce pour que vos yeux continuent de chanter, pour que vos mamelons brunissent et soient raides, pour que la fourrure luise sous votre ventre, pour que vous ne pensiez pas que je pense. Vous êtes accroupie. Vos genoux touchent mes flancs. Vous vous rapprochez encore. Vos deux mains tiennent le phallus noir. Vos deux mains le placent entre vos seins qu'elles cachent. Vous vous penchez encore. Votre menton se pose sur ma tête. Mon front sent battre votre gorge. Je suce avec application. Je sens votre chaleur. Vos mains remuent doucement. Vos mains font des caresses rondes. Vos mains font semblant d'aimer ma bouche en flattant la pointe de vos seins. Vous devenez chaude et moite. Vous m'enserrez entre vos genoux. Votre souffle monte. Vos mains tournoient plus vite. Vos jambes se déplient et encerclent mes hanches. Vous prenez appui sur elles pour soulever votre bas-ventre et le frotter contre moi, lèvres ouvertes et me mouillant. Vous êtes douce. Je glisse mes mains sous vos fesses pour vous aider à promener votre sexe sur ma poitrine. Vous me serrez très fort avec vos jambes. Je dis :

– Vous êtes belle.

Vous soubresautez contre moi. Vous me frottez de chaleur. Vous gémissez. Je me lève. Je vous porte nouée à moi. Je dégorge la pine noire et conduis ma bouche sur votre cou, sur vos oreilles. Je fais descendre le frottement de votre ventre vers mon propre ventre. Ma bitte vous attend. Vous reculez un peu comme si vous cherchiez à lui présenter votre trou sous un angle commode. Vous reculez encore. Vous repoussez ma poitrine en vous servant contre elle de l'objet tout trempé encore de ma salive, et puis, quand vous m'avez écarté quelque peu de vous, vos jambes me serrent plus fort et vous dites :

– Mon amour!

Et votre main droite, toujours étreignant le masque phallique, plonge entre nous, plonge entre vos jambes, repousse ma batterie braquée, enconne en vous la grande image. Et vous vous renversez, et quand vous êtes de nouveau allongée sur la fourrure, les jambes toujours me retenant à la taille, vous me regardez au visage et vous dites :

– La tienne est blanche comme la mort, fais-moi jouir avec la noire...

Vous me souriez. Vous tendez votre main vers ma main. Vous l'étreignez d'une pression comme amicale. Vous la conduisez vers la chose qui vous perce, et quand elle y touche, vous me renversez sur vous en me tirant avec vos jambes. Vous avez su faire tomber ma bouche sur vos seins. Vous avez su me casser à genoux contre l'angle du lit. Vous vous cambrez. Vous conduisez ma main pour qu'elle tire et enfonce à votre gré. Vous dites...

– Mon amour... mon amour... le désir suprême est sans désir... mon amour... si tu nous cherchais, tu me trouverais...

Vous parlez entre vos lèvres. Vous conduisez ma main plus vite. Vous écartez vos jambes et ne me tenez plus que de la pointe du talon. Vous dites :

– Lèche fort mes seins... mon amour... sois la bouche anonyme... l'acte pur que l'on fait sans agir... mon amour, quelqu'un m'a rêvée, et moi je t'ai rêvé, et toi tu rêveras quelqu'un...

Vous haletez. Vous êtes possédée. Votre ventre tourne sur lui-même. La terre se lève. Vous me rêvez si fort, mon amour, que je comprends enfin comment l'on peut accomplir sans s'approprier l'accomplissement. Vous libérez ma taille. Vous vous soulevez. Vous êtes devant moi qui ai glissé de vous et qui suis à genoux. Vous forcez mes mains à courir plus vite, plus vite. Vous criez :

– Blessure... ma blessure...

Vous criez, mais votre voix vient de plus loin que vous. Ou plutôt, il y a une autre voix dans votre voix : une voix qui m'entoure, qui nous entoure, comme si votre gorge était le soufflet de l'espace. Aussi tout, maintenant, bourdonne-t-il alentour, faisant déferler vers ma bouche ce cri de plaisir qui retourne le mien et me le rentre dans la gorge.

CHAPITRE NEUVIÈME

Vous m'avez rêvé. Vous avez joui, et pourtant le bourdonnement continue :

– Blessure... ma blessure...

Votre ventre est devenu immobile. Vous êtes comme un bateau coulé auquel les algues font litière ; et moi, à travers l'eau de l'air, je redresse la tête, je regarde, j'écoute. On chante :

– Blessure, ma blessure – vous êtes ma nature – et ma belle imposture – vous êtes ma lecture – la page de gageure – le trou de la serrure – et la vieille chaussure...

Il y a des formes qui chantent autour de nous dans la lumière basse. Je les regarde. Je les observe. La lumière grandit. Il y a, autour de nous, exactement pareilles, sept Mona qui chantent en sourdine. Comment dire cela? Sept fois le même visage.

Je suis fou. Je regarde Mona, étendue devant moi. Je cherche les miroirs. C'est impossible. Mais il n'y a rien, il n'y a rien que l'impossible. Vous avez le même geste, le même sourire, la même toison rousse. Vous inventez la nouvelle sirène, devenue impénétrable par le nombre et non plus par l'unique. Mona s'assied, elle est baignée de lune comme les autres. Elle dit :

– Je suis toujours la seule, je suis mon seul moment, mais je change de nom en souvenir de toi... Ici et maintenant, je ne m'appellerai plus que Ora.

Tu me souris. Vous me souriez. Il n'y a plus dans ma tête que cette multiplication perpétuelle : ton geste dans ton geste dans ton geste... et je n'arrive pas à me représenter la fin de cela puisque l'identité est parfaite, et que c'est toujours le même commencement qui recommence. Vous me souriez. Vous vous rapprochez. J'ai peur. J'ai peur parce que je n'ai plus le choix, parce que tout est égal. Je cherche la fêlure, mais vous êtes lisses. Vous me regardez. Il y a partout le même regard. Qui êtes-vous? dis-je, mais vous éclatez de rire. Toute la pièce est cristalline. Vous me faites un signe en passant. Le même signe. Ora vous rejoint. Vous vous donnez la main. Vous faites la ronde dans la pièce ronde. Vous êtes impénétrables et nues.

– Qui est Ora? dis-je.

Vous tournez. Je suis à genoux. Je fixe le même point de l'espace où vous passez l'une après l'autre, toujours pareilles. Je ferme les yeux : j'entends la même voix venir de tous côtés. Vous dites :

– Qui est très nombreux ne meurt pas!

Et je perçois le glissement de l'air sur vos corps qui continuent de courir en décrivant le même cercle. Quelle douceur, ce bruit! On dirait l'intensité du silence, ou bien le secret déplacement de la présence. Je rouvre les yeux. Vous êtes immobiles. Vous me regardez. Je suis fou. Je n'accepte pas. Je me lève. Je viens, l'une après l'autre, vous toucher au visage. Une seconde, je suis seul à seul avec l'une, mais aussitôt mes yeux cherchent l'autre, et elle est bien là. Et soudain, il y a pis, car me retournant vers celle que je viens de toucher, je me vois devant elle. Et ce moi me regarde, et au fur et à mesure que je recule, surgissent devant chacune des moi qui me regardent, tout en répétant mon geste vers le visage. J'ai beau me détourner, toujours je me regarde.

Alors, pris de panique comme le claustrophobe dans la foule, je me jette contre la ronde et je frappe et je frappe et je frappe. Je veux crever les visages et les ventres; je veux briser l'identité. Je veux... mais n'est-ce pas contre moi que je dirige mes propres coups puisque je tombe au milieu de la ronde immobile? puisque je tombe frappé au visage et au ventre, et me demandant avec terreur qui suis-je? et lequel?

Je me réveille dans le silence. Il y a beaucoup de lumière. Je ne suis pas couché mais assis. Une grande transparence m'enveloppe. Je veux lever mon bras, je ne peux pas : cette transparence le retient. Je vois mes muscles se gonfler en vain. Je veux me lever, je ne peux pas. Je suis retenu tout entier, retenu par quelque chose qui me contient et qui épouse étroitement mon corps. Je suis assis en l'air, et l'air sans doute a gelé autour de moi, car qui me retiendrait ainsi alors que je ne vois rien? Devant moi, il y a une grande table ronde; seize sièges sont disposés autour. Plus loin il y a le ciel et la mer. Je dois rêver. Je veux me lever, je ne peux pas. Je respire librement, et si je reste immobile, je ne me sens nullement contraint. Immobile. J'ai peur. Pour chasser cette peur, je cherche les mots qui pourraient dire ce que je suis devenu. Me le dire. Paralysie. Catalepsie. Cris-tal-li-sa-tion. Ankylose. Fixité. Fixité, c'était mon idée fixe : entrer vivant dans l'immobilité. Je souris de moi. Je vais rompre le charme. Je vais me lever. Je ne peux pas. Je suis assis comme les pharaons : le buste raide, les mains ouvertes à plat sur les genoux, le souffle profondément posé sur le ventre. Je respire. Je n'ai plus peur. Je regarde. J'essaie de penser l'impensable. Peut-être suis-je simplement devenu muet – muet à l'intérieur, de telle sorte que mon langage me manquant mon corps me manque. Ou bien, peut-être suis-je devenu blanc comme dans mes rêves, et quelqu'un va-t-il venir tracer de nouveaux traits sur ma face blanche. Je me souviens de ces cubes tellement transparents où l'on a enfermé un coquillage, un insecte, une fleur. Je suis dans le cube, et si, comme le disait l'astrologue, la création est le passage du cercle au carré, me voici en bonne voie sur le chemin de la création. J'essaie d'imaginer le lieu : terrasse ou rotonde ouverte sur la mer, qu'importe? Je me distrais de moi. Je ne veux plus savoir. Je regarde le ciel. Je m'y perds. Je vois le bleu qui tremble.

Plus tard, je m'aperçois tout à coup qu'on est entré. Il y a foule dans la pièce. Non, il y a seize personnes. Elles prennent place autour de la table. Elles parlent, mais je ne les entends pas. Elles passent tout près de moi, mais ne me voient pas. Je suis pourtant à deux mètres tout au plus du bord de la table, et l'on circule entre ce bord et moi pour gagner ses places. A en juger par le mouvement des lèvres, on discute avec passion, mais les gestes ont un ralenti qui leur confère une grande douceur. Le bleu du ciel est toujours intense; il dégage une lumière égale parmi laquelle les choses et les corps paraissent se mouvoir en dégageant une sorte de pénombre, qui est sans doute leur réverbération, et qui m'évoque le halo de la lune. Mais qui est-ce? me dis-je brusquement. Je ne les connais pas. Je sais que je ne les connais pas, et je sais aussi que je connais leur ressemblance, la part d'avenir et de passé qui les rend solidaires. Et dès que je me suis formulé ces choses, la dimension change, car je m'aperçois que les personnes ici présentes ne réverbèrent pas de la lumière mais du temps. Je vois le temps et l'espace et la scie que nous y faisons en développant, à l'intérieur des trois côtés de l'univers, une perspective qui n'a pas encore de nom. Tout a forme, même l'invisible, et c'est peut-être cela qu'on est en train de dire. On s'est assis : on parle gravement, et je n'entends rien. Où suis-je si je suis le seul à me voir? Je m'aperçois que je n'arrive pas à dévisager ceux qui sont là, ou plutôt que leur visage ne me retient pas, mais seulement le halo, comme si la vibration me parlait infiniment plus que le trait. L'énergie rayonne. Je fixe le centre de la table. Il y a un bouquet d'endymions, dont les grappes de corolles semblent figurer le plein et le vide du ciel. Et si je dormais, me dis-je, mais je sais bien que non, car voici que toutes les têtes se tournent dans ma direction. J'ai un sourire de plaisir et de reconnaissance, qui s'éteint vite quand je constate qu'on ne me regarde pas : on s'est tourné vers quelque chose ou vers quelqu'un qui est derrière moi. Faute de pouvoir tourner la tête, j'attends, je suis le mouvement des yeux. Ora paraît à la lisière gauche du champ de mon regard, avance très vite, s'arrête à l'opposé de moi. Et dès lors, dans ce lieu qui est de l'espace pur puisque je n'en vois pas la forme, il me paraît que notre face à face inscrit un équateur par rapport auquel je peux maintenant situer l'assistance. Ora me voit-elle? je ne le sais pas. Ses yeux demeurent illisibles. Je penserais plutôt qu'elle ne veut pas savoir que je suis là. Elle considère les autres tour à tour, et cela fige l'atmosphère : chacun prend un visage précis, chacun est en suspens à l'intérieur de ce qui, tout à l'heure, n'était que transparent rayonnement. Je sens se propager l'opacité, la différence : j'aperçois des visages, qui sont comme la révélation de caractères secondaires – des visages graves et beaux, que l'attention oriente vers Ora, laquelle, tout au contraire, devient comme diffuse, si belle et si dorée d'être également belle et dorée partout. Les choses vont très vite, mais à la limite du perceptible. Ora remue les lèvres : les visages s'illuminent, retrouvent leur transparence – la même et une autre qui, dirait-on, aimante l'air. Je n'entends toujours rien; je suis toujours invisible. Je me dis : et si j'étais mort? Ora continue de parler. Il me semble assister à un dévoilement. Je m'interroge aussitôt sur ce mot. Je doute. Je vois que je ne vois rien. Le mot revient quand même. Je tombe en moi dans la lumière : le spectacle est à l'intérieur. Je regarde Ora : le spectacle est aussi à l'extérieur. Je me regarde : je me vois comme une chose creuse abritant un dédale de miroirs. Les images entrent par le haut, par le bas, se projettent, sont projetées, me viennent ou me reviennent, et moi, je suis entre elles leur présent, c'est-à-dire quelque chose d'aussi mince que la couche de tain entre les deux parties d'une glace à deux faces. Ora parle toujours. Je tente de lire sur ses lèvres : elle est trop loin. Je me concentre. Je la fixe. J'essaie d'être si attentif que le moindre mouvement de son visage finira par déclencher en moi un souvenir qui me fera réentendre sa voix. J'essaie de retrouver ses mots, et je comprends soudain que les mots sont en moi l'instrument de l'invisible en même temps que la seule force capable de faire s'écailler le présent, car ils sont en eux-mêmes passé et avenir. Les mots se prêtent, et dans cette mesure paraissent relatifs, mais ils sont toujours ailleurs parce que, nés d'un phénomène de condensation si abstrait qu'à la fin il se dérobe à la pensée, ils sont et ne sont pas ce qu'ils disent. Le mot ne coïncide avec son énoncé que le temps de suggérer un sens qui est déjà son au-delà. Et l'exercice des mots rend visionnaire, car le présent du sens restreint ne cesse d'appeler la totalité du sens : la grande image. Alors, pour tenter décidément de déchirer le voile, je crie :

– Ora, Ora, Ora...

Et une voix, ou un concert de voix, me dit :

– Il est trop tard. Elle est passée. Elle est perdue.

Un éclair jaillit, et il me semble qu'Ora, pâle et mourante, est entraînée par la lumière de la foudre vers je ne sais quel abîme. Alors, les ténèbres s'établissent, comme si, brusquement, quelque chose s'écroulait entre le ciel et nous. C'est la nuit, la nuit noire. Un profond silence règne, et moi qui n'entendais rien, il me semble que je l'entends, que mes oreilles perçoivent la *différence*. Un long temps passe. Un cône lumineux troue la nuit : à sa base, du côté où était auparavant la mer, une image apparaît : la mienne. Je viens de toucher la plage. Je m'avance. Je dis :

– Je voudrais voir la comtesse... J'ai rencontré la comtesse... Je voudrais...

Et les chiens se précipitent sur moi, tandis que des rires éclatent dans les ténèbres. J'entends, mais je ne peux toujours pas bouger. J'entends les lappements des chiens suçant mon sexe ; j'entends mon souffle. Je revis. Je me vois. C'est bien mon visage. Ce sont mes gestes, mais cette identité ne m'affole ni ne me fascine. J'éprouve à la fois l'appartenance et la distance. Je devine en moi celui qui disant *Je* ne parle plus seulement de soi. Je revois la mort et la ville, le comble de l'horreur et le comble de la légèreté. Je suis loin dans mes yeux.

Soudain, il y a de nouveau devant moi la salle et Ora et le ciel et la mer, comme si la roue ayant fait son tour de ténèbre nous ramenait exactement au même point. Ora s'avance vers moi, directement à travers la table. Elle dit :

– Vous êtes au cristal... et vous venez de faire vos preuves aux yeux de tous... Il vous suffira à présent, pour nous rejoindre, de répondre à cinq questions qu'ont choisies nos amis.

Elle me sourit, se cambre sous sa robe blanche, et cependant que toute l'assistance fixe ses yeux sur moi, commence :

– Quel est le ruisseau qui ne contient ni sable, ni caillou ?

– Les larmes, dis-je.

– Quelle est la jumelle qui se tient à droite, à gauche, et qui n'aperçoit jamais sa sœur ?

– L'oreille, dis-je.

– Qui toujours regarde et jamais ne se regarde ?

– Le miroir, dis-je.

– Qui peut-on frapper et frapper encore sans lui causer jamais ni douleur ni blessure ?

– L'eau, dis-je.

– Qui peut s'asseoir sur l'eau sans se mouiller ?

– L'ombre, dis-je.

Ora tend la main. Je sens que ma prison s'ouvre. Je me lève. Je vais baiser la main. Et la main me retient, m'attire, me conduit le long de la table que je parcours en m'inclinant devant chacun des assistants. Ora regagne ensuite sa place et me fait signe d'aller me mettre en face d'elle, où l'on m'a ménagé un siège. J'ai remarqué le nombre égal des hommes et des femmes, et que tous sont vêtus de robes blanches.

– Nos amis, me dit Ora, se présenteront à vous par leurs actes, ainsi que vous-même vous êtes présenté à eux. Ou plutôt par leurs images. Vous avez pu remarquer que vos ébats canins, s'ils ont suscité quelques rires, car nous sommes sensibles au monstrueux et au dérisoire, ne nous ont pas précipités les uns sur les autres pour une fouterie générale et romanesque. Il nous importe de faire bander le cerveau, et non de multiplier le nombre des coups. Le vrai plaisir est le plaisir de l'excès, qui n'a pas sa fin dans le sexe, mais tout au plus son moyen. Nous travaillons à rendre l'esprit tout entier érogène, et c'est pourquoi nous avons créé le groupe et le château. Le groupe, pour entretenir l'éveil; le château, pour incarner le langage et les étapes de notre plaisir, c'est-à-dire ses figures les plus bouleversantes. Vous ne serez pleinement des nôtres que quand vous aurez créé l'étage de vos images. Le problème du groupe n'est pas l'entente, mais la création en commun; n'est pas la sympathie, mais le qui-vive. Le groupe est un corps qui a suffisamment de conscience pour en avoir toujours une en alerte, suffisamment d'yeux pour avoir toujours un œil ouvert. Je suis la beauté de ce corps, c'est pourquoi je vous ai attiré, puis déçu : nous aimerions que vous soyez son rêveur, sa fabrique d'images, car l'imagination seule étant créatrice, nous n'aurons jamais trop d'imagination. Par ailleurs, comme le groupe est à soi-même le spectacle et son propre spectateur, nous avons appelé ce phénomène de réciprocité totale et de partage : la Cène. Le groupe joue la Cène et est joué par elle; il jouit à la fois d'être et de se voir être, mais se voir être mène au plus complet dévoilement – même à l'à-vif et à la voyance. Le groupe travaille donc à se faire voyant par un long, immense et raisonné épuisement de la réalité, car seul nous intéresse ce point où nous sentons que tout se dérobe et où nous apprenons justement à nous connaître dans le manque suffoquant et merveilleux de tout cela qui se dérobe – qui n'en finit pas de se dérober, qui ne cessera jamais.

Ora me fit signe de venir vers elle. Je m'approchai, non pour lui obéir, mais avec un acquiescement mêlé de joie. Quand je fus devant elle, Ora me dit :

– Le groupe est un choix, non une contrainte. Qui le choisit fait choix d'être à la fois libre et responsable. Et de combiner cette contradiction jusqu'à l'épuisement de toutes ses figures.

Elle fit un autre signe, et deux jeunes femmes vinrent vers moi. Elles entreprirent de me laver, de me masser, sous les yeux du groupe, avec une douceur habile, qui donnait à leurs gestes une perfection dont, plus que de leurs soins encore, mon corps se trouva reposé. Ensuite, elles me passèrent une robe blanche, et devenu leur semblable, je me joignis en même temps qu'elles au groupe. Ora se dirigea alors vers la mer. Nous la suivîmes, et quand j'atteignis l'extrémité de la pièce, je vis que descendait du bord une grande volée de marches blanches, qui menait à une nouvelle terrasse d'où toujours on dominait le vide et la mer.

CHAPITRE DIXIÈME

Que pensais-je? Je regardais les visages et le ciel, je regardais la démarche d'Ora, et si une pensée m'occupait, je crois bien qu'elle essayait simplement de formuler cela – qu'elle essayait de trouver les mots pour dire : l'au-delà est ici et maintenant tout ce qui m'entoure, tout ce qui commence à partir de ma peau.

Le soleil baissait. Le marbre était pâle. Triangulaire, la terrasse avait l'air d'un coin enfoncé dans la masse du château. Quand je touchai son sol, je vis que les murs qui la délimitaient étaient percés d'arcades profondes, sous lesquelles on devinait de grands espaces. Le sommet du triangle, vers lequel nous nous dirigions, était barré par une table étroite et longue, que des serviteurs achevaient de disposer. Nous prîmes place tous du même côté, et face à la mer. Il faisait très doux. On entendait la rumeur des vagues.

Quand tout le monde fut assis, sans ordre et au fur et à mesure de l'arrivée, Ora parla, tournée vers moi :

– C'est ici qu'après la réception d'un nouvel ami nous nous réunissons pour le repas d'accueil... La coutume est très ancienne, qui veut que l'on mange ensemble pour sceller un accord... Nous l'avons faite nôtre volontiers, mais pour que ce plaisir s'élève à celui que nous recherchons, nous demandons au nouveau venu d'inventer à cette occasion une image capable de marquer ce jour, de le distinguer dans le souvenir en lui donnant son nom et d'agrandir notre château de sa figure.... Votre place est à l'écart pour vous permettre de régler le spectacle, et si notre table est tellement longue et occupée seulement d'un côté, c'est que tout l'espace au-devant d'elle est la scène... Cet espace, nous vous l'offrons, ainsi que l'ensemble des réalités accumulées dans le château, et nous-mêmes... A vous de disposer de tout cela pour en faire le crâne où vous nous rêverez, ou bien pour en être à tout jamais vérolé et pestiféré...

Déjà, deux serviteurs dressaient pour moi, côté cour, un petite table orientée de telle sorte que je puisse voir chaque visage et que je sois vu de chacun. Aussitôt, j'allai y prendre place cependant que le silence tombait. On m'observait fixement, et je voyais briller dans tous les yeux la même intelligence intraitable, qui m'avait frappé chez Ora. Ce regard froid me disait qu'à l'intérieur du groupe rien n'était jamais gagné, et que rien jamais ne me permettrait de m'y sentir ni approprié, ni en tout repos. Je décidai de me laisser parler :

– je cherche les images   au-dessus de chaque porte on en plaçait   elles étaient la parole immobile, le signe et la leçon   image de chair, je veux faire   et que se tienne ici le jeu de l'incarnation   non pas dans tous ses registres   comme il y avait au portail enfer et ciel   non pas complet, car je suis seul face à vous   mais simplement à titre d'échantillon ou d'exemple   il me faut tracer les limites de ma figure et celles de mon langage   mais d'abord, qui vous intéresse? hors vous-même et l'intérêt qu'à vous-même vous pouvez prendre à travers moi?   la sanction de la parole devrait être qu'elle usât la bouche et l'oreille   il faut perdre sa peau, dégainer l'os, il faut voir la pile de vertèbres et l'écriture sèche de la mort, de notre mort   le squelette couché sur sa page de bois comme une phrase cunéiforme   je voudrais un théâtre qui m'écorchât de mon ombre, et que gestes et mots y soient des couteaux de pierre   des couteaux pour creuser le vide où tombera l'éclair qui fait voir   il me faut tracer le temps, le lieu et l'action de mon image, afin que vous la disposiez par rapport à vous-mêmes et à vos propres unités   mon temps sera celui de l'ébouillantement et du cri   celui de la chute de la matraque et du couperet   celui de la pointe du jour où les forces de l'ordre frappent à ma porte   à l'intérieur de ce temps, j'essaierai de faire apparaître la chose qui m'épouvante   la profonde, la sans visage, la toujours repoussée   la chose mienne et non mienne, l'intérieure et l'extérieure, car en elle se mêlent mon reflet social et le reflet sur moi de la société dont je sors   cette chose est le ver de ma race   elle habite un lieu qui est le lieu de l'horreur de l'horreur blanche   il y a au fond du blanc quelque chose qui est limace et chenille, pine molle, odeur fade, regard pourri   je voudrais démasquer le blanc en moi   le mal blanc   qui est violence sucrée et bouche gâtée et langue enflée   et si nos propres mots nous prennent à la gorge comme une viande faisandée, alors dites   dites-moi quelle charogne est dans la source et allez voir et constatez   la source, c'est la bouche qui nous gouverne et qui fait abus de sens comme de pouvoir   abus qui pourrit la langue et la communication   abus qu'il faut dénoncer, même ici surtout ici car il mine l'instrument de l'imaginaire puisque nous sommes solidaires de toute la langue à laquelle violence est faite écoutez écoutez-les de charles en georges dégradés écoutez-les, ou plutôt non : ouvrez le nez et sentez le jargon qui monte et la violence de l'odeur violence de la bouche puante où toute phrase est une perte blanche violence de l'horreur actuelle d'être blanc souvenez-vous de la bouche-cul sous le croupion du nez qui proclamait : grandeur, grandeur et avenir, tout en lançant la peste noire dans les rues souvenez-vous et regardez la bouche-ventre où se digère à présent cette grandeur ici et maintenant, mon théâtre sera donc le dévoilement de la bouche fétide et mon action osera donner forme à la violence qui l'infecte et qui me hante osera pour qu'ensuite ma parole soit claire et claire mon image au seuil de notre Cène

accessoires : le con d'Ora, une boîte de maquillage, un bouillon bouillant sur un réchaud, le nègre qui m'accueillit sur la plage, une corde, un chien, un nez d'ubu et l'uniforme de la peste noire première figure : je prie Ora de venir jusqu'ici, de s'allonger sur ma table à la renverse, d'ouvrir les jambes face à vous, de les écarter bien tableau : la femme offerte, le nègre debout à gauche comme la statue du tiers monde, le bouillon qui chauffe à gauche, et moi, le nez d'une main, un crayon noir de l'autre, vous saluant, puis saluant la vulve deuxième figure : je m'agenouille entre les jambes, j'emprisonne le clitoris et tout le sommet de la fente sous le faux nez, que je fixe avec de la colle ; je dessine de chaque côté des yeux de verrat je travaille comme un peintre, avançant et reculant le buste pour juger de l'ouvrage   je rase le pubis   je mets du blanc sur les deux joues et sur le front, et puis, en bas du marécage herbu où bâille un peu le trou, je peins la bouche avec sa lippe   silence   long silence où chante le bouillon   troisième figure : je me redresse; je range les bâtons de couleur; j'hésite; je vous regarde; je rajoute quelques rides, je fignole la bouche; je m'écarte enfin et tourné vers vous, je dis : alors vint le temps du Grand, et du nord au sud, de l'est à l'ouest, on lui cria : Oui et encore oui et vive vous. Le Grand, à chaque fois, répondait : Vive Nous et Paix sur la terre aux hommes de bonne volonté   quatrième figure : je saisis un bâton de rouge, j'interroge un à un vos visages, je cours vers le mur, j'écris en lettres capitales : GUERRE AUX POMPINES MOLLES. Ensuite, lentement, je reviens près d'Ora, et je vous regarde, et je vous désigne la face   cinquième figure : je proclame notre mission universelle, et l'un de vous m'apporte aussitôt la corde, longue et mince et solide. Je la prends, je la file entre mes doigts pour mon admiration et pour la vôtre. Je commande au nègre d'avancer, de se mettre au garde-à-vous. Je glisse l'une des extrémités de la corde sous son bras gauche, puis je tourne autour de lui en dévidant ladite corde et en le ficelant si bien des épaules aux talons, qu'il prend l'aspect d'une gigantesque canette, dont les rangs ne s'espacent qu'à la hauteur du pubis et du sommet des cuisses pour laisser libre et apparent le sexe   sixième figure : qu'on amène le chien, dis-je. Il entre, et je le revêts aussitôt de l'uniforme de la peste avant de le conduire devant la face peinte. Il la renifle, tire une langue intéressée, mais je crie : couché! en lui désignant l'ancienne place du nègre, où il va s'asseoir   septième figure : je convoque la plus blonde et Claude d'entre vous. Elle s'approche, et moi allant à sa rencontre, je la prends par la main et la conduis devant le nègre. Je lui souris, puis violemment ordonne : à genoux! et : suce! La belle se met au travail, et l'on voit peu à peu la chose noire se dresser, grandir et distendre sa bouche. Pendant que cette action va son train, je viens au bord de la scène et choisis parmi vous deux hommes robustes. Ils me rejoignent, et nous avons ensemble un aparté, côté jardin   huitième figure : les deux hommes vont se placer de part et d'autre du grand ficelé, tandis que, me penchant vers la blonde travailleuse, je lui chuchote quelque chose à l'oreille. Alors, sans ralentir l'activité de sa bouche, elle dégage soigneusement les couilles, qu'elle met au jour par-dessus les rangées de la corde. Nous guettons chacun de ses mouvements, et notre attention est telle qu'elle polarise tout l'espace de la scène et de la salle, comme s'il était suspendu aux aspirations de la bouche, comme s'il suçait par cette bouche   neuvième figure : tout à coup, notre bouche blonde recule vivement, abandonnant le gros membre dont la pointe s'empanache de mousse blanche. Les deux hommes, à la seconde même où notre travailleuse s'écarte, saisissent le nègre à la nuque et aux pieds, le renversent, le portent horizontalement, courent vers le réchaud et plongent couilles et braquemart dans le bouillon bouillant   un cri   je m'avance vers vous; je lis : Pour réussir la coloniale au bleu, prendre soin de la saisir bien dure et foutante. Pour cela, l'échauffer dans une bouche ou dans un con sensible, qui percevra l'instant propice et vous permettra de la jeter à l'eau juste à l'instant du foutre. Le cuit l'emporte sur le cru, comme la civilisation sur l'état sauvage   dixième figure : les deux hommes retournent le nègre, l'allongent sur la scène, détachent de son corps la chose cuite, vous la montrent   je vais chercher le chien vêtu de peste noire ; je lui place la bitte dans la gueule, et l'amenant devant le masque au centre duquel bave la bouche, je lui fais signe d'y fourrer notre cuisine   onzième figure : le masque s'agite et mâche et déglutit si bien qu'il engloutit absolument la chose coloniale   tout est civilisé   rideau.

CHAPITRE ONZIÈME

Ainsi fut fait, entre la table mise et le ciel brunissant et l'orgue de la mer. Ensuite, j'eus le privilège de m'asseoir à la droite d'Ora et d'avoir constamment à l'angle du regard sa beauté, promesse de bonheur. Maintenant, elle se penche vers moi :

– Tu verras, dit-elle, je suis aussi douce que terrible. Je suis la chance. Tu me portais au front avant de me connaître, c'est pourquoi nous voici enfin ensemble... Ensemble et séparés par tout ce qu'il te reste à parcourir.

Je lui souris. Je sens le château autour de moi et sous moi, comme le nageur sent la mer, qui le porte.

– Je ne veux rien parcourir, dis-je, seulement me déshabiller d'une peau, d'une autre peau, de moi-même. Et peut-être vivrais-je enfin l'amour, après n'avoir connu, là-bas où j'avais un nom, que l'amour-propre.

Alors, à l'extrémité de la scène, monte lentement un grand disque rouge. Tous nos regards se fixent sur lui, et il me semble que de gros flocons de silence tombent du ciel. Bientôt cette neige nous tient jusqu'aux épaules, et nul ne bouge, et nos regards, tous ensemble, creusent le disque, ouvrant en son milieu une orbite, vide et blanche.

– Le temps est aveugle, dit quelqu'un.

Et ces mots nous ramènent, ici et maintenant, au repas finissant et à l'actualité de ma réception dans le groupe. Celle qui fut la blonde travailleuse se lève, vient vers moi, dit :

– Nous allons entrer. Je m'appelle Orilya. Je suis celle qui ouvre les portes. Franchi le seuil de chacune, je retire mon visage, et tu me reconnais toujours dans le nouveau, comme si je ne changeais pas, et moi, je sais de moins en moins qui je suis, mais cela n'a pas d'importance puisqu'il faut être innombrable pour devenir soi, et puisqu'alors je peux dire : nous.

– Je suis prêt, dis-je en me levant et en m'avançant vers elle, mais qu'arrive-t-il à la fin, quand il n'y a plus de masque?

– Rien! crie quelqu'un en éclatant de rire. On est effacé.

Soudain, ils sont tous debout, et voici qu'ils m'apparaissent à contre-nuit comme une fantastique rangée de dents au bord de la bouche d'ombre.

– Entrons, dit Orilya, nous avons devant nous beaucoup de temps, beaucoup d'étages, beaucoup de visages.

Elle prend ma main, et je la suis, et tous les autres nous suivent. La lune projette nos ombres si bien qu'elles nous précèdent sous l'arche de la porte et entrent avant nous. Ora est derrière moi :

– Attention, me murmure-t-elle, c'est sans doute l'esprit qui souille la chair.

Le château de Hors

Maintenant, il a oublié. Il n'attend plus. Il regarde. Il est entré dans un temps où *je* ne compte plus. Le sable, alentour, est devenu de verre, et lui-même pour lui-même. Il n'est plus présent, sinon comme le souvenir d'un souvenir, et cette différence, lentement, trace une figure entre ce qui est là et ce qui revient là. Il lui suffit de dire *non* à ce mouvement pour que la figure s'efface, mais il en surgit aussitôt une autre, qui comprend la première en lui ajoutant une dimension – et ainsi de suite. Il n'y a pas de fin, car il n'y a plus quelqu'un dans celui qui est là.

Le vent est tombé. Le jour s'allonge comme une chevelure morte. Mille oiseaux blancs restent posés, et ils forment un immense triangle : on dirait une pyramide de neige qui se serait couchée. Dans l'air, quelque chose persiste : la brisée peut-être de ce renversement, ou bien la faille par laquelle avant se disjoint de maintenant. Plus loin, la lune se lève, et c'est un œil ridiculement ouvert, ou peut-être l'autre sommet de la figure.

Il en sait désormais suffisamment puisqu'il en a su davantage, et que lui importe d'être cette fameuse silhouette en étoffe de songe, s'il ne reste que le songe – ou rien.

Alors, l'Autre tourne la page pour effacer le nom, et c'est sa manière d'ouvrir le livre. Il y a de la langue et tout autour une bouche qui dit : *Je*. Sa parole réajuste des nerfs, réajuste des muscles, des membres, de la peau, et tout recommence, et :

Je me souviens. La lune émergeait de la mer, tirant du flot une haute colonne, que de brusques tourbillons de brume rendaient tantôt noire et tantôt blanche. Les passantes avaient pareillement double visage, et l'on sentait dans leur sillage l'approche d'un temps où vivre ne serait plus bon. La nuit faisait une arche, d'un côté posée sur la colonne changeante, de l'autre sur la ville que couvrait une voûte pâle. Ici, l'air avait encore une odeur de présent : il reliait; là-bas, une fange violette faisait crouler de l'amertume au creux des vagues.

« La lune est froide », a dit quelqu'un, et il a fermé sa porte dans un claquement de page qu'un doigt humide brusque.

Les rues étaient vides. Elles servaient de lit à ce froid argenté au bord duquel les murailles étaient de hautes îles verticales. J'étais si seul. J'ai pénétré dans l'une de ces îles, mais pour m'y retrouver bientôt assis au milieu du même froid, et, à mon tour, devenir une île. Attends, me disais-je, attends, et ce mot a longuement résonné dans ma tête jusqu'à devenir un cri sourd : un aton, aton, répercuté par une très vieille mémoire pleine de déserts. Tout à coup, le sol a eu un dessous, et l'eau blanche s'y est écoulée, peu à peu. J'ai senti un autre écoulement derrière mes yeux, ou était-ce un écho visuel? Mais il n'y a rien, me suis-je dit, et on ne voit pas le froid. Plus tard, la nuit m'a pris : j'ai oublié. Je me suis réveillé à la même place, et tout était si parfaitement la réplique d'avant, que je me suis vu assis sur moi-même, puis m'y enfonçant pour ne pas faire de différence. D'autres nuits ont passé. Le noir a fini par l'emporter sur le blanc, et je suis devenu une histoire.

Maintenant, couché de tout son long, il est l'espace entier, et le ciel, au-dessus, tourne, faisant pivoter dans son œil la pointe d'une pyramide renversée sur les faces de laquelle les constellations défont lentement leurs figures. Maintenant, il offre au trajet de la pointe toute la courbure de son œil, avec l'espoir qu'un glissement de la grande machine entraînera tout un renversement qui, d'un coup, le projettera vers le haut, son corps tournant alors au sommet de la pyramide céleste comme la plaque mobile d'une girouette éternellement folle. Maintenant, il est de nouveau seul, et dans son œil, il sent le trou profond.

Je me souviens. La chambre est assez vaste pour offrir un lointain, où il fait noir. J'ai décidé d'aller vers l'Est, mais la chambre, elle aussi, est une île, et le fait que je le sache renforce l'isolement. Parfois quelqu'un appelle :

« Écrivez-vous ?

– Je lis. »

En vérité, je ne sais pas très bien où j'en suis. Il y a des mains, beaucoup de mains qui sortent de ma tête, qui vont et viennent, et qui parfois restent en l'air pour indiquer un sens que je ne vois pas. « Dodo, ma mignonne », dis-je, et je saisis la main à sens pour en faire un signet. Ensuite, toujours la même page s'ouvre, et c'est un soir dans une autre île. Je viens de souffler la lumière pour laisser entrer la lune, et l'air sent le mouton. Une musique vibre : j'ai l'impression qu'on m'appelle. Loin, au-dessous de moi, la mer est lisse ; elle brille comme une immense plaque de métal, où la lune saigne une large traînée rouge. Je me souviens. J'attends. Je regarde. Soudain, le regard est le sens et toute la pensée : il n'y a plus qu'à avancer dans le regard. Alors, je marche, tournant le dos à la mer pour gravir l'énorme épaulement rocheux, qui fut peut-être la lèvre d'un cratère. Et là-haut, sur la grande terrasse, l'air violacé est plein de mains qui volètent, écrivant dans leur course les arêtes de grands volumes prismatiques qui, continuellement, s'assemblent et se désassemblent en donnant une structure au vide à l'instant même où le vide les essuie.

Maintenant, il a fermé les yeux, et l'envers de ses paupières est un espace nuageux où les phosphènes font la scie. Il regarde, mais il est tellement vide qu'il ne sait plus vers quoi il regarde, ni même où sont le haut, le bas, la tête, le ventre : il n'est plus qu'un volume tombé au hasard sur l'une de ses faces, et relancé bientôt par quelque grande main, qui joue négligemment avec ce dé. Maintenant, il est joué.

Je me souviens. Les mains sont restées tendues, et j'ai cherché qui leur commandait ce point d'orgue. Un grand vieillard les dirigeait, bien qu'il se tînt immobile, mais avec un tel écart qu'il en était justement impérieux. Déjà, cependant, les mains avaient repris leur vol : d'un côté, mains d'hommes; de l'autre, mains de femmes et entre elles toutes, la lune, comme un flot de sang frais parmi lequel les mains barattaient la substance de l'air pour activer sans doute son mélange avec ce colorant jailli d'on ne sait quelle plaie. Brusquement, mes mains ne furent plus mes mains : elles s'étaient mises au travail avec les autres, et moi, sans que j'aie eu conscience de ce dernier déplacement, voilà que j'étais à genoux dessous la coulée rouge en laquelle, comme ceux de mon voisin, mes bras se perdaient.

Maintenant, il pense qu'il n'y a là qu'un reflet, et qui ne voudrait se libérer d'un reflet? Les lettres du nom doivent pendre quelque part, si toutefois l'absence laisse un vide. Quoi, se dit-il, n'ai-je été qu'un porte-lettres?

Alors est venu le vent : c'était la musique. Elle sortait par rafales de grandes conques marines; elle séchait nos yeux sous nos paupières. Parfois, un cri aigu déchirait le vent; parfois, un couteau de pierre ouvrait ma poitrine, et mes côtes devenaient les dents d'une grande bouche, où mon cœur pendait comme une langue.

« Qui êtes-vous? cria le vieillard. Qui? Qui? »

Et sa voix était le vif du vent. Un instant, elle souffla furieusement autour de moi :

« Qui? Qui? Qui? »

Puis elle s'en alla secouer quelqu'un d'autre, tandis que, relevant mon visage entre mes bras dressés, je cherchais à goûter le sang du ciel. Mais ce qui coulait le long des bras des autres n'était qu'un reflet le long des miens, et je ne sentis sur mes lèvres que l'aspiration d'un peu d'air.

Alors, à contre-lune, une grande lumière s'éleva, qui, tout à coup, lava l'espace où s'agitaient nos mains, et elle nous plongea dans quelque chose de si blanc, qu'il me sembla que nous allions retrouver l'avant, et cette terre du commencement, qui ne va ni de droite à gauche, ni de haut en bas; mais bientôt il y eut un sens mouvant, à mesure que s'enflammaient de hauts buissons de torches, disposés aux quatre coins de la terrasse. Entre les deux plus hauts, dressés du côté de la mer, la lune se tenait, mais elle était comme rejetée dans son ciel par tous ces flambeaux qui, en la dispensant d'éclairer, la rendaient à sa fonction abstraite de pur sommet d'une figure dont, à présent, je cherchais la base, observant pour la première fois l'ensemble du lieu et constatant qu'à la file des hommes, où j'avais pris place automatiquement, faisait face une rangée de femmes, l'une et l'autre traçant une sorte de nef à laquelle faisait suite, par-delà les deux piliers de feu, une abside que la lune couvrait. Ainsi étions-nous, à l'intérieur de cette architecture, la partie et le tout puisque le tout de cette Forme dont nous faisions partie se trouvait en l'imagination de chacun de nous. Cependant, le vieillard avait pris place entre les deux piliers, et dès lors qu'il eut fixé ce lieu, je sus qu'il me regardait.

« Toi », cria-t-il.

Je n'avais pas envie d'entendre, ou plutôt, quelque chose en moi refusait d'en savoir davantage. Je baissai la tête.

« Toi », cria de nouveau le vieillard.

Mes voisins me poussèrent. Ma tête se redressa. Il n'y avait pas de doute, l'appel ne pouvait s'adresser qu'à l'étranger. Le vieillard me parut se trouver très loin, au bout de la double rangée, mais d'un signe très net il me désignait. Je me levai. Je fis un pas, puis hésitai. Quelqu'un encore me poussa, mais d'une pression lente, et dont je sentis l'amitié. Je fis un autre pas, et un autre. Alors, comme une folle échevelée, une femme se dressa devant moi et me frappa. Je voulus l'écarter, pensant qu'elle était le cheval de l'un de ces dieux que je ne sers plus, mais mon geste déclencha un remous de cris, de coups : je n'étais plus debout au milieu de l'air de la nuit, j'étais le prisonnier d'un volume plein d'ongles et de dents, qui déchiraient, qui mordaient. Mes vêtements me furent arrachés par lambeaux, tandis que mes bras ramaient dans une gluante coulée de chevelures et de chairs moites, dont le contact m'était bien davantage insupportable que l'à vif des morsures. La crainte des ongles m'avait fermé les yeux, et ces dents, cette moiteur faisaient qu'il me semblait aller dans une bouche, où mon agitation déclenchait des suintements de salive. Tout à coup, je sentis que le dernier lambeau était parti, et que j'étais nu. Il se fit un silence, où je tombai comme dans un trou d'air. Mes bras battirent le vide. J'entrouvris les paupières : personne à ma portée, mais, autour de moi, un cercle d'yeux qui me guettaient, et puis, au-delà, très loin, le vieillard qui continuait de me faire signe. '

Je suis seul. L'espace même de ma solitude m'est compté : c'est un cercle dont la circonférence ploie sous la pression des yeux, des bouches, des ventres qui s'y pressent. J'avance la main, et au bout de mes doigts clapotent de grandes cloques prêtes à crever. Partout le même mur de viande, où de longs bâillements ouvrent des trous, tantôt rouges, tantôt blanchissants. Parfois, un œil éclôt dans cette paroi, et il me fixe. D'abord, je recule devant cette chose qui me voit et qui est vivante, tout en étant profonde et gelée comme l'eau des pierres; puis, la soif me vient, et, ongle dressé, j'enfonce d'un coup mon index dans ce qui n'est plus qu'une coquille brisée à laquelle je bois. Il y a un grand cri, et le liquide secoué saute par-dessus mes lèvres pour emplir ma bouche de son humeur douce. Il y a un déferlement de grosses rides sur toute la surface de viande. Je recommence : mes lèvres veulent se mouiller et ma langue lappe jusqu'au fond. Maintenant, chaque cri me fait rire, et à chacun de mes éclats de rire, une lézarde s'élargit dans la viande. Je veux y mettre la main : elle se referme et mord, d'une morsure molle et qui m'aspire. La succion est si forte que déjà ma tête, mes épaules sont au trou, et j'y tombe, jambes en l'air, mais à peine y suis-je engagé que me voici au sol, dans une grande giclée de bave et de vent. Comme si cette bouche m'avait vomi, à moins que cette pupille ne m'ait pleuré.

Maintenant, le cercle est rompu. Il n'y aura plus de retour, ni de répétition. L'immobilité a rendu chaque élément à lui-même. Seul, l'os retient encore les siens. L'intérieur ne fait plus illusion : il est vide, et les mots ont regagné leur lieu natal. Celui qui est allongé regarde à travers lui-même. Il voit de la lumière noire, et au-dessus, une espèce de journée où les oiseaux ne sont plus des oiseaux, mais des lettres offertes innocemment à la dévoration du blanc.

Maintenant, le vieillard continue de me faire signe, et je m'avance vers lui, remontant l'immense nef dont chaque ogive a pour clé une étoile. Tout à coup, quelqu'un m'arrête de nouveau : on dirait une géante tant sa stature se développe dans l'espace. Une lame prolonge chacun de ses doigts ; son ventre est nu ; ses seins pendent.

« Le bain de sang ! » crie-t-elle. Et de dizaines d'abdomens ouverts à la volée, elle jette sur moi les entrailles.

« Dis-moi, dit-elle, je t'aime.

– Belle bouchère, dis-je, je t'aime.

– Ah ! tes os ne manqueront plus de viande... »

Et de grands jets de sang engluent mes paupières, et je tire la langue pour lécher le dégoulinement de cette pluie chaude et fade, qui rend la vie. Cependant, la tripaille, qui s'accumule autour de moi, me baigne jusqu'au ventre. Cela dégage une chaleur ; cela vous a des palpitations douces, qui font courir sur ma peau mieux que des caresses. Et bien sûr, pareil attouchement a l'effet naturel d'échauffer mes glandes : mon sexe dresse sa hampe et se trouve ainsi agiter au vent un paquet de boyaux. La bouchère hurle :

« Chéri, quand on s'enfonce, faut pas ramener le fond ! »

La bouchère replie précipitamment les lames de ses doigts et tend vers moi ses mains, comme un faisceau de manches de couteau. Son visage rayonne ; sa bouche ouvre dans l'espace la fente d'un sourire sanglant. J'ai bientôt cette bouche devant ma bouche, tandis que les grosses mains dures promènent entre mes fesses des poignées de viscères ; puis, la bouchère bâtit autour de moi une margelle de tripes et de viandes, et quand cette architecture monte à la hauteur de mes épaules, elle en replie le bord et l'arrondit autour de mon cou, de telle sorte que ma tête émerge seule de l'organe qu'elle vient d'inventer. Alors, je sens que cette machine va me chier dans le ciel, mais le sommet de mon crâne se déchire ou s'éclaire, et je vois : je vois s'entremêler là-haut, se poursuivre et se disloquer comme des cercles sur de l'eau, les arêtes en dérive de mille prismes éclatés. Déjà, je crois que c'est ma chute qui anime ainsi l'eau de l'espace, mais un cri de la bouchère me ramène où je suis :

« Chéri, hurle-t-elle, chéri, te voici la fève du fion... »

Et elle rit, et elle danse, sa tête jetée d'ici à là, par saccades. Sa bouche est une grosse boutonnière rouge. Ses yeux sont des trous d'eau où gonflent des noyés. Et le monde tangue, tourbillonne, et je ne sais plus de quel côté je suis : en quel avant, en quel après ? Soudain, un cri – on dirait que le ciel a crié. La bouchère s'immobilise. La bouchère me regarde. Très lentement, elle lève dans ma direction sa main droite ; très lentement, son index se déplie, et dès qu'il est pointé dans le champ de mes yeux, une lame jaillit. L'organe qui m'enveloppe se resserre et m'étouffe. La lame s'avance, puis s'abat, et je sens que l'étreinte des viandes se relâche d'un coup, et je m'affaisse dans leur écroulement, et je suis allongé sur le sol, humide et sanglant comme un nouveau-né sous la lune.

Maintenant, quelqu'un m'essuie, me rassemble, me soulève. J'ouvre les yeux. J'entre dans l'interminable. J'écarte des cheveux. Un visage apparaît. C'est une jeune fille. Son bras, sur mes épaules, est raide, quoique très doux. Nos regards se croisent : le sien est fixe et sérieux, mais il se ferme aussitôt, et alors elle prend ma main en disant :

« Viens! »

Je me lève et je la suis. Je traîne un peu pour qu'elle me distance de la longueur de nos deux bras, distance qui me suffit pour observer sa silhouette et voir comment son corps se tend. Elle tire sur ma main. Nous sommes au milieu de la nef. De part et d'autre, les femmes et les hommes font un mur, que leur regard, montant de leur visage levé, prolonge très haut dans l'espace. Et je sens que la fixité qu'ils s'imposent crée alentour une matérialité d'une espèce nouvelle. Mais le vieillard n'est plus très loin. Il est immobile lui aussi. Il attend.

Maintenant, nous sommes devant lui. Il est debout au centre d'une grande nappe blanche.

« Emma, dit-il, laisse-nous. »

La jeune fille lâche ma main et se retire vers la gauche. A cet instant, la lune est juste derrière la tête du vieillard, et je la vois soudain devenir blanche. J'ai froid. Non pas d'un froid de quand on a froid : c'est quelque chose qui vient de l'intérieur, du dedans du dedans, comme si le Froid lui-même s'était logé dans mes os, ma chair n'étant plus là-dessus qu'un trop en voie d'être décollé par le souffle glacé, qui la prend à revers.

« As-tu peur de la mort? demande le vieillard.

– Oui, dis-je. D'habitude.

– Le temps n'est qu'un étron », déclare le vieillard.

Maintenant, il me sourit. Son visage tout entier est un sourire devant lequel je m'oublie. Ses yeux sont dans mes yeux, et nous tenons si bien l'un à l'autre que je le regarde s'accroupir sans m'apercevoir de son mouvement. Tout à coup, je le vois là, en bas, et je ne comprends pas; mais d'un élan rapide, il se redresse et devance la question dont mes yeux vont s'emplir. Alors, troublé par ce que je retiens, je détourne les yeux, et c'est à la fois ma vue et mon odorat qui me bousculent avec l'image et l'odeur de ce qui est arrivé : il vient de chier au milieu de la nappe.

« Mange! » dit-il.

Et il se retire vers la droite, et je reste seul devant la chose fumante, qui, tant je la regarde, finit par me paraître la pupille d'un grand œil blanc. Pupille, me dis-je, pupille, mais c'est une facilité que j'essaie de m'accorder par un abus de sens. Il reste que la merde est la merde, et que nulle catachrèse n'en peut changer l'odeur à mesure que je me penche. Mais qu'est-ce qui me courbe? Non pas l'ordre du vieillard, non pas même le désir de connaître l'inconnu, mais une précipitation ignoble, qui s'accélère de se découvrir. Et je sais également qu'au froid de tout à l'heure, il n'y a rien d'autre qui puisse faire échec autant que la consommation de cette noirceur-là. Tout cela très vite, et comme à la surface de la conscience, laquelle n'est plus qu'une rétine où passent des images. Il a fallu déjà que je m'agenouille pour être à portée de la chose; il faut à présent que je plie la nuque pour être face à face, et me voici enfin à quatre pattes, le nez dans la fumée chaude. Faire vite. Vite. Mais je ne réussis d'abord, dans une brusque avancée de tout le visage, qu'à m'enduire justement tout le visage, qui n'est plus, soudain, que la part la moins pratique de moi-même, avec ce nez qui dépasse, avec ces lèvres incapables de saisir toutes seules. Je recule vivement, mais cela reste collé, si bien qu'il n'y a plus moyen de s'écarter. Alors, mon corps vient à son propre secours : d'un geste décidé, ma main saisit la chose et la pousse dans ma bouche. Et je mange. Je n'agonise pas. Je mange. Il n'y a rien là de mortel. La mort ne vient pas du dehors.

Maintenant, l'ombre du vieillard glisse sur la nappe. Je vois ses pieds, ses jambes. Je ne suis plus qu'une bouche sale. Je n'ai pas honte devant moi-même. Je tète un peu d'air. Je lève les yeux. Le vieillard est dressé, gigantesque, et de son haut pend vers moi un linge blanc. Je ne bouge pas. Le vieillard se penche. Il plaque le linge sur mon front, puis sur mes yeux, sur mon nez, sur ma bouche. Il recule, et tendant le linge devant moi, il dit :

« Lève-toi et regarde-toi. Les symboles sont de la merde. Tourne la page. »

Nous sommes face à face. Il y a sur son visage le même sourire qu'avant, et j'oublie. Sa main se pose sur mon épaule, et me fait pivoter. Nous sortons de la nappe. La jeune fille est devant nous, très droite.

« Elle a la vie devant elle, dit le vieillard. Et toi aussi, maintenant. »

LETTRE À B.R.

Cher Bruno,

tu me demandais ces pages depuis sept ou huit ans, et je les gardais pensant qu'elles n'étaient qu'un « chapitre premier » du *Château de Hors*, précédant *Le château de Dans* et formant avec lui les deux autres volets du *Château de Cène*. Je sais maintenant qu'il n'y aura pas de suite.

Ce chapitre virtuel va, grâce à toi, devenir un récit. Je l'avais écrit sous le regard d'un ami, mort peu après, et à cet ami je dois sans doute la scène de coprophagie. Il trouvait indispensable qu'une telle scène existât, je ne sais plus pourquoi... On a cru que je lui avais beaucoup emprunté pour un autre livre; en réalité, écrivant *Les premiers mots*, j'ai surtout voulu me débarrasser d'une image qu'il m'avait soufflée à propos, je crois, de ce texte-ci, et qui était : « le masque de caca ».

Chaque mort a bientôt un masque de caca; puis, là-dessous, perce une blancheur qui gagne avec le temps.

Pourquoi la suite ne sera-t-elle jamais écrite? Parce qu'elle l'a été, partiellement du moins, et qu'elle déchirait d'elle-même toute possibilité de suite. Toujours, la dérision l'emportait, alors que la suite aurait dû narrer l'inénarrable, seule chose qui, pour moi, excuse aujourd'hui la narration.

Un chapitre II a commencé ainsi :

Maintenant, c'est le vieux retour. Je sens la terre sous mes pieds, et pourtant il n'y a pas de chemin. Rien qu'un terrain qui s'étire comme un couloir. Parfois, je m'allonge et j'entends la voix de la terre :

– Je vais te manger, dit-elle.

Alors, je pense à l'intérieur – à tous ces intérieurs qui font que manger existe, et que les mangeurs finissent par être mangés. Qu'est-ce que l'Histoire à côté de la Nourriture? Et tout n'a-t-il pas une autre proportion si je dis :

– Je suis de la nourriture pensante.

Ou bien :

– Je mange donc je suis.

Le cerveau est devenu le masque de l'estomac. Toute l'évolution se mesure de la gueule à la bouche, et quand la pensée s'affole, il suffit, pour la remettre d'aplomb, d'un grognement de l'estomac, car l'estomac est au centre, lui qui, intérieur par situation, est aussi l'Intérieur même puisqu'il est l'organe de l'intériorisation.

Là-dessus, j'imitais Lautréamont pour entonner le chant de la vieille poche centrale.

Maintenant, il y a ce dérangement que procure le soir quand il noircit. On hésite entre la douceur et cette figure que trace le vol des hirondelles – une figure dont l'effacement constant suggère l'approche du vide. Heureusement, la nuit est secourable puisqu'elle rend l'espace invisible et qu'elle excite chez les plantes un tel dégagement d'odeurs que la perception du monde emprunte un autre sens.

Ce « maintenant » est le maintenant d'un livre qui n'existera pas, je peux donc le rendre à un présent qui, je l'espère, a existé puisqu'il pourrait être le mien, en ce moment même.

Maintenant, la lumière est si égale qu'elle n'éclaire pas, mais paraît sourdre des choses. Et moi, qu'est-ce que je fais là, aussi déplacé qu'une ombre? Plus je me le demande, plus l'ombre dérègle tout, si bien que la lumière devient l'isolement des choses, et je suis seul.

Maintenant, je construis mentalement une machine vide comme l'air, et j'essaie de me la représenter...

– Tu écris? me demande-t-Elle en ouvrant la porte.

Je ne dis rien, mes yeux dans le vide.

– Je t'ai trouvé une citation : « L'estomac est le sol où germe la pensée. » C'est de Rivarol.

– Je n'aime pas le français, dis-je : il a toujours l'air d'annoncer une vérité, d'avoir raison.

– Moi, fait-Elle, j'aime bien ta langue française.

Les souvenirs m'ennuient parce qu'ils sont uniquement capables de narration.

On n'en finit pas de fabriquer des cercueils d'air, et ils sont en mots : on voit à travers, mais on ne peut rien toucher. Aussi finit-on par vivre au milieu des fantômes, et l'existence devient une longue veillée.

Un jour quelqu'un m'a dit : « La fiction, il n'y a que cela de vrai. Et à vous autres, écrivains, on ne demande que la vérité. »

Je suis un vrai vivant, me suis-je dit, donc... J'hésite encore sur le mot que ce donc devrait introduire, et tout en hésitant, je pense à l'estomac. Lui ne dit rien : il se contente de quelques signaux sonores. J'ai parfois essayé de noter ses grognements, mais l'alphabet manque de lettres qui puissent à la fois noter la dégringolade :

bdleu, bdleuhum, bdleubdleuhum, le vrombissement et la liquidité. Peut-être n'y a-t-il aucune compatibilité possible entre les bruits émis par un viscère creux et ceux qu'articule un organe musculeux allongé. Le premier coasse, le second parle. Et sans doute la langue considère-t-elle ces coassements comme un malheur, car, s'il arrive qu'une tumeur lui pousse par en-dessous, elle la nomme « grenouillette ». On dira que ce diminutif a un caractère de gentillesse ; c'est douteux si l'on pense que le pauvre coco, dit encore buffet, cornet, sac, tire-lire, lampe et gésier, est ainsi implicitement associé par la menteuse à une maladie dévorante.

Contre le propre du savoir et contre le propre du poétique, qui lui ressemble inconsciemment, l'estomac affirme le sale... Mais non, il n'affirme rien, il est sale sans aucune relation au propre, et son sale est ainsi un non-propre, qui ne saurait pas plus se définir par rapport au propre que le non-savoir ne se définit par rapport au savoir, aux catégories duquel il échappe... L'homme qui s'efforce de penser estomac saute dans son propre corps, mais pour y perdre aussitôt le sens de cette propriété propre et pénétrer dans un lieu sans limite, et grouillant...

En lisant le *Journal officiel* de la Commune de Paris, j'avais été très frappé, à la date du 3 avril 1871, par ces quelques lignes :

« Pour conjurer les dangers des émanations produites par les corps humains que les Prussiens ont inhumés autour de Paris à une profondeur tout à fait insuffisante, on s'est décidé, non à déplacer ces cadavres, déjà en putréfaction, mais à les recouvrir d'une couche de terre assez épaisse pour intercepter les miasmes. Sur cette terre on sèmera du ray-grass et d'autres plantes fourragères dont les racines s'empareront des gaz nuisibles pour les transformer en pulpe nourrissante.

« Ce travail est déjà commencé du côté de Sèvres, où des tertres nombreux, notamment au pied des gros arbres de l'avenue, à proximité de la manufacture, révèlent la présence de victimes de la guerre. Le tronc de l'arbre a été utilisé comme cippe funéraire. On a enlevé l'écorce sur une certaine étendue, et le liber a été poli de manière à former une sorte de page in-8°, blanche et lisse, sur laquelle on a gravé superficiellement, ou tracé au crayon, les noms des soldats, généralement au nombre de trois, qui reposent au pied. A côté de quelques-uns de ces noms sont figurés des emblèmes religieux ou des outils indiquant sans doute la profession qu'exerçait, avant de prendre les armes, celui dont s'est ainsi occupée la main d'un camarade. »

Ce liber-là n'est-il pas le Livre? Et que pourrait-on y écrire d'autre? Le Livre recueillera le nom de tous les morts depuis qu'il y a des morts : ce sera un grand arbre blanc, et les masques de caca nourriront ses racines.

A bientôt, n'est-ce pas? et qu'aille vers Marijo et vers toi l'affection de

B.N.

L'outrage aux mots

Des cris. Ils recommencent encore. Je les entends, et pourtant je n'entends rien. Je voudrais savoir ce qu'ils disent. Je l'ai su. Je cherche ce qui les censure en moi, maintenant. Des cris, comme d'une femme rendue folle. En les écoutant je me disais : il ne doit rien se passer ici. Il ne se passait rien que ces cris. La nuit. J'avais peur, et j'avais peur d'avoir peur. Sale bicot, m'avaient dit les gardiens. Il est facile de résister à la provocation, plus facile qu'à l'attente. J'écoutais. J'écoute, mais à chaque fois que cela revient, il n'y a plus que le creux du cri. Comment dire? Cela crie, mais ne dit plus rien. Quelque chose a effacé les mots, le sens qui peut-être me rassurerait. Au moment même, j'avais peur de ce qui allait suivre; à présent, j'ai peur de faire de la littérature. J'ai beau le vouloir, je ne peux, ici, faire retentir le vide de ce cri vide. Et pas même expliquer pourquoi il revient, et revient, toujours obsédant, depuis plus de quatorze ans. Une femme qu'on va violer, qu'on a violée et qui n'en finit pas de revivre l'imminence? Une femme à qui le noir fait revivre sa peur? Mais dans les prisons, il ne fait jamais noir. Mon corps retrouve assez facilement ce qu'il éprouvait : ce froid qui se propage depuis la colonne vertébrale, cependant que tout s'arrête dans la poitrine pour qu'aucun bruit ne trouble l'écoute, si bien qu'on est soudain à bout de souffle comme doit l'être l'autre, là-bas, qui crie. Mais que voudrais-je raconter? Non pas ces cris, qui me surprennent chaque fois; non, d'ailleurs je les sens devenus autre chose que ce qu'ils furent. Cette femme criait à la mort, qu'importent ses mots. Qu'elle criait à la mort, je le sais. Mais alors qu'est-il advenu? Pourquoi affirmer un sens juste après avoir dit qu'il a changé? C'est que, maintenant, ce cri à la mort dont j'ai censuré les mots me censure à son tour. Il résonne et tout se tait, tout ce que je voudrais découvrir, et qui lui est lié. Peut-être écrit-on pour effacer? Dans ces nuits-là, s'ils avaient ouvert ma porte, j'aurais hurlé comme un fou. Il est intolérable d'avoir peur. On n'en parle pas. Un ancien déporté m'a raconté : Un soir, sur la place du camp, des milliers de Juifs étaient rassemblés. On allait les échanger contre des camions. Mais rien ne venait. Le silence. La neige. Longtemps. La neige. Longtemps. Tout à coup, un cri. Tous à la fois criaient. Et il a imité ce cri. Un souffle rauque et interminable. J'ai vu. Oui, j'ai vu. Le désespoir neigeait. J'étais glacé. Un cri mimé; un cri que j'ai entendu. Le même froid. Et à cet instant, je comprends pourquoi il n'y a pas d'indignation possible à l'instant même où retentit le cri à la mort d'un humain que d'autres humains maltraitent : il n'y a que le saisissement froid de l'horreur, et cela ne parle ni ne se parle. Après vient la colère, la révolte, mais comment dirait-on ce cri? Et si l'on pouvait encore le crier, quel froid – celui de la mort. La révolte nous réchauffe : elle nous fait revenir de la mort. La révolte rature la mort. La révolte agit; l'indignation cherche à parler. Seulement, depuis le fond de mon enfance que de raisons de s'indigner : la guerre, la déportation, la guerre d'Indochine, la guerre de Corée, la guerre d'Algérie... et tant de massacres, de l'Indonésie au Chili en passant par Septembre Noir. Il n'y a pas de langue pour dire cela. Il n'y a pas de langue parce que nous vivons dans un monde bourgeois, où le vocabulaire de l'indignation est exclusivement moral – or, c'est cette morale-là qui massacre et qui fait la guerre. Comment retourner sa langue contre elle-même quand on se découvre censuré par sa propre langue?

Cette question, longtemps, je n'ai pas su me la formuler, et maintenant je ne trouve pas les mots pour y répondre. Non qu'il faille d'autres mots que nos mots, mais ils se disposent spontanément selon des structures qui correspondent à l'ordre moral de la société. Il y a une police jusque dans notre bouche. Pour lever la censure, il faudrait... Que faudrait-il? En tout cas ne plus jouer le jeu. Et je crois bien porter la guerre civile en nous-même, car il n'y a pas d'autre moyen. Qu'est-ce à dire? Un rien nous ramène à l'ordre, et parfois même l'arme que nous avions cru braquer contre lui : partout est à l'œuvre une puissance de récupération fantastique. Et d'abord en nous. J'en sais quelque chose.

Traduit en justice pour outrages aux mœurs, j'ai voulu ne pas me défendre. J'aurais dû persévérer. Mes amis se sont émus : j'avais tort, j'ignorais quelle machine j'allais affronter, je devais faire confiance à un spécialiste, et puis il fallait que mon affaire servît d'exemple. Ainsi, peu à peu, bien que sans me prendre jamais pour une victime de la liberté d'expression, j'ai fini par croire que je servirai cette liberté en jouant le jeu du procès. L'avocat m'avait rassuré, quand, le remerciant de ne pas me demander des honoraires que d'ailleurs je n'aurais pu payer, il m'avait mis à l'aise : Je ne vous défends pas vous, mais un principe. Je ne me doutais pas que, dans notre société, les principes sont indéfendables puisqu'il est dans leur essence d'être des principes, et donc de ne pouvoir être mis en question. Exemple : en étranglant Maurice Audin, l'officier Charbonnier n'a jamais enfreint aucun principe, étant donné qu'aucun porte-parole de nos principes n'a jamais voulu le savoir.

Face au tribunal, j'ai commencé à comprendre, mais il était trop tard. Première affaire : un jeune homme accusé de proxénétisme et de vol. Ironie du président. Et malgré le vous, le ton du tutoiement. Pour finir, le claquement des menottes. Deuxième affaire : la mienne. Tout change : je suis un monsieur, je suis libre. Je suis bien défendu. Qui ne se vomirait soi-même d'être fait tout à coup si différent? On m'interroge. Je bafouille. On me redonne la parole : j'attaque. Je veux dire pourquoi je suis là – à la suite de quelles violences de l'armée, de la police et des institutions, non seulement sur moi, mais sur mon langage. Je ne me laisse pas interrompre. J'en finis. Je m'assieds. J'entends l'un de mes avocats dire à un autre défenseur :

– Il avait besoin de se défouler.

Et puis la comédie commence, non pour défendre un principe, mais pour démontrer, trois ou quatre heures durant, que je suis un bon écrivain, donc un écrivain inoffensif. Et j'écoute, accusé devenu le complice de son accusation.

Il aurait fallu venir là, et seulement pousser le cri. Mais de quoi, le disant, ai-je l'air à présent – de quoi à mes propres yeux? Tous les mots sont complices de leur contexte de la même manière que tous les opprimés sont complices de leurs oppresseurs sinon, eux qui sont la majorité, ils s'uniraient pour vaincre. L'histoire n'est que l'histoire de l'oppression. Les révolutions, finalement, n'ont jamais servi qu'à ceux qui renversent le pouvoir pour le prendre. Nous sommes dupés d'avance parce que la langue est contrôlée. La langue comme l'État a toujours servi les mêmes. Nous devrions nous méfier de tous ceux dont les bourgeois disent : Avec celui-là, au moins, on peut parler. Celui-là est déjà un traître, même s'il n'a pas trahi. Dans le contexte de l'ordre, on ne peut, en dialoguant avec cet ordre, que le servir. Même quand j'essayais de dire au juge mon indignation, je la trahissais. Il aurait fallu n'être là qu'un corps – l'un de ces corps que censure tout ordre moral. N'être qu'un corps, et simplement chier là, devant le président.

Chier : jusqu'à quel âge n'ai-je pas osé dire ce mot? Et combien de gros mots ainsi interdits? Tous les mots du corps. Le bon goût est l'un des gendarmes de la morale. Il la sert. Il la serre autour de notre gorge et sur nos yeux. Le bon goût est une façon d'accommoder d'oubli la mort des autres. Et ici même, j'éprouve mon impuissance à chasser le mien. Comment traiter ma phrase pour qu'elle refuse l'articulation du pouvoir? Il faudrait un langage qui, en lui-même, soit une insulte à l'oppression. Et plus encore qu'une insulte, un NON. Comment trouver un langage inutilisable par l'oppresseur? Une syntaxe qui rendrait les mots piquants et déchirerait la langue de tous les Pinochet? J'écris. J'ai cris rentrés. Il n'y a pas de pouvoir libéral : il n'y a qu'une façon plus habile de nous baiser. A toutes les conversations au coin du feu télévisées, chacun devrait répondre par un colis de merde expédiée au grand merdeux de l'Élysée. Qui récupérerait ce langage-là?

Un livre est démuni. On croit l'avoir bien armé. Il ne résiste pas. Il ne sera jamais insupportable. J'avais pensé suicider mon bon goût en écrivant *Le château de Cène*. Et suicider en moi un certain écrivain. Quelle bêtise. Je me disais : puisque le style est la valeur, je vais crever la valeur en lui faisant dire ce qui ne se dit pas. Rien de plus facile à récupérer que le style : il est le mouvement même de la récupération. Faut-il revenir là-dessus? Je me méfie de moi-même. Dans sa propre solitude, on ne dialogue avec soi que pour se styliser. D'abord, pourquoi la première édition est-elle signée d'un pseudonyme? J'ai toujours rêvé d'écrire sous plusieurs noms afin d'accélérer mes propres contradictions en leur donnant diverses identités de papier, mais s'agissait-il de cela? Ce pseudonyme me censurait : c'était le masque sous lequel je demeurais blanc en attendant. Avais-je peur? Attendais-je d'être reconnu?

Le temps nous censure, naturellement. On ne se souvient pas de ce qui est mort. L'oubli se redouble : on oublie l'oublié. Et il y a ce trou au milieu où nos jours vont se perdre. La censure efficace ne rature pas, elle annule, et il n'y a plus de trace. Dès lors ce qui a disparu n'a jamais existé. On n'écrit pas pour dire quelque chose, mais pour délimiter un lieu dont nul ne pourra décréter qu'il n'a pas eu lieu. Il y a un enchaînement, du plus loin, là-bas, jusqu'à ce *Château de Cène* et jusqu'à cette ligne qui, dirait-on, coule de ma main, et tout cela est mon lieu. Mais qu'est-ce que le lieu vivant s'il s'efface dans cela même qui l'écrit?

Je vois un mendiant. Je vois un chien qu'on a jeté

dans une mare de merde et qui s'enfuit en hurlant. J'entends quelqu'un parler d'un homme qu'on a écorché vif : il râlait encore dans la couverture où on l'avait roulé. Maintenant, je suis à la caserne. Comment tuer un homme sans faire de bruit? Le film éducatif qu'on nous projette pourrait s'intituler ainsi. Je siffle. Je siffle encore. Laisse tomber, me dit mon voisin, à quoi ça servira? Je laisse tomber. J'ai honte. Un autre film, un autre jour. Tous les prisonniers y tirent dans le dos de vainqueurs trop généreux. Moralité. Pas de moralité, mais elle va de soi. Je suis toujours à la caserne. J'apprends que la révolte est vaine si elle ne s'organise pas. Un révolté est impuissant. Que faire de ma seule révolte quand ce sous-officier nous raconte le coup de la grosse tête? C'est en Indochine. On a pris un Viet. On l'a attaché. Maintenant, avec le plat d'une baïonnette américaine, on tape sur sa tête. On tape en se relayant. Et la tête enfle. Enfle.

On écrit un livre. Toute la mémoire y passe. Et du coup, il y a un glissement perpétuel des référents. La censure arrête ce glissement. Elle veut un sens, un seul, et qu'il soit fixe. J'écris. Je pose des mots et ces mots désirent d'autres mots. Le désir produit la rencontre : il est la nécessité de ce qu'on croirait n'être dû qu'au hasard. J'écris *Le château de Cène*. Que se passe-t-il? Je suis devant mes juges : je voudrais expliquer ce qui s'est passé. Les référents glissent : le chien, l'homme écorché, les films, la grosse tête. Je suis dans un meeting pour la liberté de la presse, salle Wagram, en 1956. Les fascistes attaquent. Algérie française. Bombes lacrymogènes. On casse des chaises. On tape sur des têtes. Traînées de sang. L'Algérie française est jetée dehors. Tout est calme soudain dans la fumée, la toux, les pleurs. La police entre.

La police qui devait nous protéger. La foule se lève et peu à peu recule contre l'un des murs. Gendarmes mobiles et gardiens de la paix emplissent tout l'espace qui se libère. Silence. Devant moi, face à face, un gardien de la paix. Silence. Tout à coup, flics et gendarmes crient. Les crosses et les bâtons se lèvent. Je tombe, frappé en travers du front.

J'écris *Le château de Cène*. J'en ai assez de la violence, de l'horreur. J'espère que le temps est venu de mon *Aurélia*. Pour la première fois de ma vie, j'écris vite, comme émergeant enfin de ces années où je comptais mes mots. Je ne retiens plus rien. J'écris. Que se passe-t-il? Je me déviole, et je me souviens. Seulement, en se dépliant dans le corps, mes souvenirs en accrochent d'autres, qui ne sont pas tous les miens, et leur croisement fait surgir ces figures, dont ma raison parfois s'épouvante. Je me souviens. J'écrivais comme on regarde fixement. Tout était dans mes yeux. J'étais le vif regard qu'à la fois je lisais pour l'écrire et que j'alimentais. Mais je suis devant mes juges, et comment dire à la fois tout cela? Oui, je joue le jeu – leur jeu, sauf que je crois vraiment à la justice :

– Oui, monsieur, un homme auquel on tape des heures sur la tête, il ne s'agit pas de le faire parler, d'ailleurs il est devenu fou. On tape pour rien. On tape pour se venger de n'être qu'un bras qui tape. Le geste n'est même pas furieux. Il est de plus en plus mécanique. Entendez-vous les coups? Ils ne résonnent presque plus. On dirait que l'os est devenu mou. Rien que ce bruit un peu mouillé.

– Il arrive que les narines saignent, ou les yeux, ou les oreilles. Ou tout à la fois.

– Au matin, d'habitude, on coupait la tête pour aller

la jeter sur un village. Parfois, on pariait : dégonflera, dégonflera pas, mais on n'avait pas le temps d'attendre.

Alternativement, je me souviens, j'oublie. On dirait que quelque chose de central a sauté. A la place du centre, il y a un trou. Tantôt, ça tombe; tantôt ça remonte. Et ma langue, je la renverse vainement pour lui faire toucher le bord de ma gorge. Maintenant, je n'écris plus *Le château de Cène*, et plus jamais je ne l'écrirai. Fini. Tombé là-bas, et ce n'est pas lui qui remonte, mais une exigence qu'il n'a pas comblée. On écrit à un moment précis. Et quelle duperie! Que s'est-il passé? On a rempli des pages, c'est devenu un livre. Et le titre de ce livre est une pierre sous laquelle repose ce qui s'est passé. Je ne peux pas soulever la pierre. Je creuse seulement autour.

– Oui, monsieur, j'ai des souvenirs encore plus horribles. Si tant est qu'il existe des degrés dans l'horreur... Cet Algérien qu'on a pendu la tête en bas au-dessus du foyer d'une cuisinière. Les cheveux brûlent. La peau éclate. Le visage graillonne et noircit à travers le rouge de la flamme. L'homme est bâillonné. Au-dessus du bâillon qui le protège, le menton a l'air fantastiquement intact et blanc.

Tout livre a pour référent général, non pas un sujet, mais un moment historique où se croisent la biographie de son auteur et l'état de la société. La biographie et l'état social communiquent en permanence à travers la culture et l'information. Cette communication est instable en ce sens qu'on ne peut la réduire à une formule qui la fixerait. De même, le référent général d'un livre, qu'il soit ancien ou récent, est instable parce qu'il n'est pas non plus réductible : chaque lecture le change, en fonction bien sûr de l'état immédiat du lecteur et de son contexte social, mais également en fonction du rapport de ces composantes-là avec celles qui existaient au moment de la composition du livre. Ce rapport, lui aussi, est instable. Aujourd'hui, la technologie donne l'illusion que l'on peut définir toutes les périodes de l'instabilité, et en faire la synthèse, donc trouver la formule totale – ou totalisante. Ce genre de démarche – l'aperçoit-on? – conduit à éliminer peu à peu la culture au profit de l'information. La culture n'est pas quantifiable, ni réductible. La culture ne peut se ramener à un savoir. Elle est instable. Elle inclut même l'oubli. La culture dépense; l'information capitalise, mais paradoxalement elle aboutit à un savoir vide, car elle est plate, et tout y est égal. L'important n'est pas de savoir, mais de relativiser. L'homme gavé d'information ne fait pas la différence, et bientôt il devient indifférent. Je crois que la généralisation de la torture est liée au culte de l'information. Quand il s'agit de savoir, rien que de savoir, qu'importe le moyen employé puisque la fin justifie d'avance le moyen. Le grave est que l'enseignement lui-même tourne à la simple information. La preuve : la machine à enseigner est en train de prendre la place de l'enseignant – ou du moins on prépare ce moment.

Le château de Cène a été écrit en trois semaines à partir de je ne sais plus quel jour de la fin de janvier 1969. Le dixième chapitre a été repris et travaillé à part après une interruption de quelques jours. Le reste, sauf une longue coupure pratiquée sur épreuves, a paru sans modification du premier jet et n'a été corrigé que pour l'édition Pauvert. Toutefois, il existait une première version, écrite au début de 1958, en février je crois, c'est-à-dire onze ans plus tôt. Elle a servi de modèle pour les quatre premiers chapitres, et partiellement le septième. Elle contenait déjà la scène du débarquement dans l'île et du viol par les chiens – qui semble avoir plus spécialement motivé l'inculpation pour outrages aux mœurs –, et celle aussi du singe.

Voulant me retracer l'histoire de mon livre, je n'arrive à me fournir que ce petit bulletin d'informations. Je sais qu'entre le coup de bâton reçu à Wagram et le début de 1958, j'ai été obsédé par les événements d'Algérie. Je sais également que j'ai censuré la scène des chiens jusqu'à sa reprise en 1969. D'ailleurs, après cette première version, composée elle aussi très rapidement, j'ai cessé d'écrire pendant six ans, et de 1963 à 1969 j'ai très peu écrit (un bref recueil de poèmes, un récit de trente-trois pages, des notes). Conséquence, *Le château de Cène*, en levant ma propre censure, a fait de moi un « écrivain ». Par souci d'interroger mon jeu, j'ajoute qu'une amie m'a reproché d'avoir censuré la première édition en la corrigeant en vue de l'édition Pauvert. J'ai cru, moi, rendre ainsi le livre plus précis, plus direct, donc plus violent. Je le crois encore. De plus, le pseudonyme prolongeait la censure, ma signature l'annulait.

La censure bâillonne. Elle réduit au silence. Mais elle ne violente pas la langue. Seul l'abus de langage la violente en la dénaturant. Le pouvoir bourgeois fonde son libéralisme sur l'absence de censure, mais il a constamment recours à l'abus de langage. Sa tolérance est le masque d'une violence autrement oppressive et efficace. L'abus de langage a un double effet : il sauve l'apparence, et même en renforce le paraître, et il déplace si bien le lieu de la censure qu'on ne l'aperçoit plus. Autrement dit, par l'abus de langage, le pouvoir bourgeois se fait passer pour ce qu'il n'est pas : un pouvoir non contraignant, un pouvoir « humain », et son discours officiel, qui étalonne la valeur des mots, les vide en fait de sens – d'où une inflation verbale, qui ruine la communication à l'intérieur de la collectivité, et par-là même la censure. Peut-être, pour exprimer ce second effet, faudrait-il créer le mot SENSURE, qui par rapport à l'autre indiquerait la privation de sens et non la privation de parole. La privation de sens est la forme la plus subtile du lavage de cerveau, car elle s'opère à l'insu de sa victime. Et le culte de l'information raffine encore cette privation en ayant l'air de nous gaver de savoir. Ce processus fait partie de la paupérisation actuelle – une forme de paupérisation elle aussi très subtile puisqu'elle consiste à donner une aisance qu'elle supprime en créant sans cesse des besoins qui maintiennent l'aliénation, mais en lui ôtant son caractère douloureux.

La liberté d'expression est évidemment dépendante de l'état de la langue. Apparemment, je peux dire ce que je veux, mais en réalité je ne peux le faire que dans les limites de cet état – état que l'usage courant de la langue nous dissimule. Les mots semble-t-il sont là, toujours disponibles, toujours égaux à eux-mêmes. On s'en sert si spontanément, et ils sont à notre disposition si naturellement qu'on ne saurait les soupçonner. Ils sont une monnaie qui semble ne pouvoir être fausse, en tout cas dans ces espèces. Comment donc apercevoir la sensure? Il est vrai que les mots sont les mots et que la sensure ne s'insinue que dans le jeu de leur signifié, mais les mots dont on a abusé abusent à leur tour. D'où, à ce point, l'apparition d'une nouvelle ambiguïté : la sensure qui agit sur nous à travers les mots (alors que la censure agit à travers nous contre les mots) agit par ailleurs sur les mots avec un effet de sensure : elle oblitère leur signifiant, c'est-à-dire leur matière, leur corps. Ainsi découvre-t-on que l'ordre moral vise à raturer en tout être, en toute chose, sa matérialité.

L'ordre moral est moins obtus qu'on serait tenté de le croire. L'ordre moral, c'est l'ordre de l'esprit. Il peut fort bien se servir de ce qui, apparemment, le conteste : l'érotisme, par exemple. L'érotisme n'est pas un retour au corps, il n'est qu'une intensification narcissique de son image. Et cette image censure, dans le corps, tout ce qui est organique, tout ce qui est physique. On n'a jamais autant montré de corps, et ceux-ci n'ont jamais été aussi peu des corps. Ce sont des objets, toujours neufs, toujours beaux, et qui paupérisent également le désir en le stylisant. Quand l'ordre moral montre son cul ou ses poils, pas de problème, c'est encore l'idéalité qu'il nous montre.

Écrivant, essayant d'écrire, la question primordiale devient : comment s'en débarrasser? Enterrez la syntaxe, camarades, elle pue! D'accord, mais on fait des phrases quand même. Et allez donc parler sans enfiler un sujet, un verbe, etc. On cherche des trucs. On change de séduction. On demande même au lecteur de prêter la main au lieu de toujours se la laisser mettre. La grande affaire, c'est qu'on est en bourgeoisie et que, sous ce régime-là, il n'y a que la morale qui puisse servir de lien collectif. Seulement, pour que la morale fonctionne, il faut que la phrase aussi fonctionne et que le mot dise bien ce qu'il dit. Or, ce fonctionnement-là est fichu – fichu depuis que nos pères ont massacré l'ouvrier et le colonisé et même leurs frères tout en continuant à jouer les bons pères. Votre civilisation a de grandes dents, ô papas, si grandes qu'elle a fini par se bouffer elle-même. Maintenant, il faut crocheter dans le tas de merde, et chercher chacun son morceau de langue. Pas d'histoire, tous au pourri!

J'avais un camarade du nom de Marcel. Ce n'était pas son vrai nom. Dans cette guerre-là, nul ne combattait sous son nom. Je n'ai jamais connu le vrai. Marcel était Algérien. La fatigue, la tension l'avaient un peu déboussolé. Je lui ai trouvé une chambre. Il ne devait pas en bouger. Il avait l'ordre de se reposer, de rester tranquille. La chambre était proche de la Seine. Marcel a eu envie d'aller se promener. Il n'a pas eu de chance. Il s'est fait arrêter. Un peu plus tard, en prison, j'ai su où il avait été torturé et par qui. Marcel n'avait plus les nerfs solides, ni sans doute le cœur. Il est mort. La Seine a charrié beaucoup de cadavres durant l'automne de 1961.

Écrivant *Le château de Cène*, j'avais l'illusion que son mauvais genre allait faire de moi un bougnoul de la littérature. Pourquoi ne pas avoir parlé directement? Et pourquoi, maintenant, ramener mes histoires d'ancien combattant? La violence débouche sur la mort. La mort met fin à la violence, ou alors il faut inventer l'enfer. Comment parler de la violence? Je voulais l'oublier. Elle me tient. Le premier chapitre du *Château de Cène* est assez folklorique, pas suffisamment toutefois pour que je n'aie pas deviné vers où cette mise en scène me conduisait. J'ai tenté de détourner la violence, c'est pourquoi, dans le deuxième chapitre, elle n'anime que le plaisir. Ces deux chapitres sont des pièges auxquels j'aurais aimé me prendre pour éviter les chiens.

Une littérature réaliste, ce serait quoi? Les procès-verbaux, il y a les flics pour ça. Ou bien dressons les procès-verbaux qu'on ne dresse jamais. Disons comment on fait parler. Comment on parle. La réalité fout le camp au même train que la minute. Voici des mots sur du papier, c'est la seule réalité entre nous. Tout le reste, illusion, et l'illusion censure, elle aussi. On n'écrit pas pour fixer : on écrit pour superposer de la dérive à l'universelle dérive. Et merde pour le message, d'ailleurs le message est une tentative de censure puisqu'il vise à imposer une vérité. Le signifié, c'est l'odeur du charnier mental, le fumet de la décomposition. Mais là-dessous, camarade lecteur, reste-t-il du corps?

– Tu écris, tu m'as écrit.

– Oui, et je continue. Je sens une autre langue sous ma langue. Quelque chose qui veut percer. Plus envie d'être vaincu par abandon. Je crèverai le français sans le quitter.

– Tiens, ça grandiloque, tout à coup.

– On écrit pour remettre ça. La vie n'offre jamais qu'une tournée. Tout nous échappe. Et si les mots n'ont pas de sens, tout nous échappe doublement.

Le lendemain du procès, Jean-Jacques Pauvert m'a téléphoné de bonne heure. Il voulait que j'écrive ce que j'avais dit au juge, que j'en fasse un livre. Ce désir était amical. J'ai eu envie d'y répondre. Le travail, d'abord, m'a paru très simple. J'allais montrer que pour fonder son pouvoir la bourgeoisie avait remplacé Dieu par l'Encyclopédie, qui devait donner réponse à tout, mais que, ce faisant, elle avait fondé le nouveau rapport social sur la justesse de la langue. Plus de droit divin, mais un droit séculier, le même pour tous. En trahissant ce droit au gré de ses intérêts, la bourgeoisie abuse de la langue. Je voulais analyser cet outrage aux mots, et la censure qui s'ensuit, à travers trois moments historiques : la Commune, la guerre de 1914 et le gaullisme. Un simple montage des discours de Thiers et des déclarations des journaux versaillais montre que le paternalisme bourgeois ne prépare que la Semaine sanglante ; de même, le récit patriotique de la Grande Guerre charrie un humanisme dont le massacre, qu'il a pour rôle de justifier, est la négation. Quant au gaullisme, qu'il fabrique le mythe de la résistance, ou celui de la grandeur, il n'est qu'abus de langage facile à démontrer. J'en étais là de mon petit pamphlet, quand soudain je me suis aperçu que la violence faite à la langue n'était pas l'exclusivité de l'État bourgeois, et que la sienne me touchait infiniment moins qu'une autre. Après tout, que les bourgeois défendent leurs intérêts en essayant de nous faire prendre les vessies pour des lanternes, rien de moins inattendu, mais que le communisme ait été vidé de son sens pour servir une entreprise totalitaire dont le monde ni la pensée ne se remettent pas, voilà un bien plus grave outrage aux mots. Un outrage qui m'a découragé. Au nom de quoi poursuivre mon travail ? Et vers quoi ? L'abus de langage serait-il lié au pouvoir ? Et se pourrait-il qu'il n'y ait de langage juste que dirigé contre le pouvoir ? Contre tout pouvoir ? Car le pouvoir, qui centralise tout, est d'abord et nécessairement confiscation du sens.

C'est en écrivant *Le château de Cène* que j'ai pris conscience de l'outrage aux mots, exactement en écoutant les discours que tenait alors le général de Gaulle tout au long d'un voyage en Bretagne. Conséquence, le chapitre X, que peu de gens veulent lire pour ce qu'il est, bien que la scène sadique qui l'occupe soit nettement située sur le plan du langage et sur le plan « colonial ».

A quoi suis-je en train de travailler? J'écris en me disant : je ne veux pas être possédé – et déjà on piétine mon dos. J'écris contre le sens, et j'écris pour produire un sens. Toujours la même surcharge, et le corps s'épuise – oui, le corps des mots crève sous le poids. Je voudrais à présent travailler au niveau du bruit de la langue. Ou peut-être *mécrire*, comme dit Denis Roche, qui crie si rudement : « Quittez vos langues, petits pères (ma langue, ma langue, merde), mangez vos langues, vieux chiens, pendant qu'il est encore temps! » Mais il n'est déjà plus temps. Et ça fait couac, couac dans nos gorges, cependant que ce qui voudrait monter dégringole et tombe au trou.

Un soir d'octobre 1961, le fameux soir où les Algériens sont sortis de leurs ghettos pour manifester, j'ai traversé Paris en taxi. Un barrage de police. Un flic en civil ouvre la portière, regarde mon visage et crie :

– Laissez passer, ce n'en est pas!

Humiliation. Le racisme, c'est un regard qui vous classe sans appel. Qu'importe où il vous range, il a ouvert la différence et rien ne l'efface plus.

Tout s'imite. Il y a un terrorisme de l'imitation. Tel qui faisait de l'anti a soudain tellement de pour qu'il devient un pouvoir comme un autre. Toujours du truc dans l'anti-truc. Que faire, alors? Au moins prévenir :

– Attention, je cherche à me baiser moi-même. Ne laissez pas passer. Ne laissez rien passer.

La récupération est à l'œuvre dans cela même qui la dénonce, à croire que la récupération et la vie ne font qu'un. Attention, ma langue glisse. En commençant ce paragraphe, je voulais parler du racisme de l'écriture. Il paraît que le LISIBLE est raciste en ce sens qu'il traite le lecteur en simple consommateur, au lieu, comme dit

Roland Barthes de le faire jouer lui-même, de le faire « accéder pleinement à l'enchantement du signifiant, à la volupté de l'écriture ». J'ai peur que *Le château de Cène* soit lisible.

J'en ai peur, bien qu'il ne soit pas sérieux – non, rien qu'un peu grave. Et bien qu'il rie souvent de lui-même en multipliant les doubles-fonds, les jeux de mots, les fausses citations. Je précise cela pour me rassurer tout en le signalant, mais je ne suis sûr de rien. J'ai commencé par écrire des *Extraits du corps*, et depuis beaucoup parlé du corps, car au milieu du pas sûr, ce matériau-là me semblait le seul qui soit un peu sûr. Mais depuis quelque temps, je me répète une double question : Comment la vie devient-elle un livre? Et qu'est-ce qu'un livre par rapport à la vie? Non que j'espère trouver la réponse; seulement émettre quelques éclats de réalité. Si les morts pouvaient écrire, pas un vivant n'écrirait, mais pourquoi fait-on le mort?

Un jour, à la promenade, parce qu'il faisait très froid, les gardiens ont relâché leur surveillance. Une demi-heure, je n'ai plus été au secret. Tous mes voisins avaient été torturés. J'ai su où, par qui, comment. Celui qui me parlait semblait trouver cela naturel. Je m'en suis étonné. Il était fier d'avoir supporté. Une espèce de match gagné. Il m'a expliqué que le choc le plus insupportable vient de la surprise. Pour éviter ce choc, il faut s'entraîner. Il avait eu la chance de recevoir un entraînement à la torture, dans un camp spécial, en Yougoslavie. Où étais-je? L'horreur devenait une compétition.

Peut-être écrit-on pour s'entraîner à la disparition – tant pis si le rapport paraît choquant –, s'entraîner : lutter contre. Puisque nous n'avons plus rien à dire, plus rien à décrire depuis que le réalisme fuit par tous les bouts, que nous reste-t-il à part le rien? La situation n'est pas désespérée : on peut faire tant de choses à partir de rien – le rien interdit seulement qu'on les prenne pour le tout. Ainsi, la place est nette, et elle le demeure. Pas question de s'exprimer – exprimer quoi? Mais l'on peut créer, c'est-à-dire jouer. Il faut d'abord se souvenir un peu pour nourrir le mouvement des mots et rencontrer l'histoire, puis l'on devient guignol ou l'autre ou soi-même, et tout cela sous son nom, à condition de prendre ce SOUS très littéralement. D'ailleurs, la littéralité est difficile à partager, si j'en crois mes amies à qui il est arrivé que tel ou tel lecteur du *Château de Cène* demandât :

– Est-il normal?

A tout prendre, je préfère la censure que cette question fait rejaillir sur mon comportement à bien d'autres lectures – notamment à celles qui sont liées au procès, et dont la plus désagréable consiste à m'en imputer la publicité. Bien entendu, la pluralité des lectures devrait au moins me rassurer sur la polysémie du livre! S'il n'en est rien, c'est que rien n'a été comblé d'un certain côté. Mais quoi? Il faut faire semblant avec sincérité : je joue à ne pas jouer. L'étrange est qu'on puisse faire comme s'il en allait autrement tant qu'on est un corps, tant qu'on est présent, car est-il un vivant qui se contente de l'esprit? Et qui puisse penser autrement qu'avec son corps? Je ne connais d'autre instrument initiatique que le pal – le grand pal. Le lieu du pal, c'est toujours le cul, à partir de quoi il pousse lentement sa pointe pensante vers la tête, mais en passant à travers tout le corps. Certes, on peut faire une lecture initiatique du *Château*, mais si c'est pour le ramener à la mystique, on l'a quand même dans le cul. En effet, où est la transcendance? Où la finalité? Le nouvel initié fait aussitôt de la politique, et son expérience se rabat sur elle-même : elle n'a aucun sens qui lui soit extérieur. Ainsi de la nôtre, et autant rire de ce qui nous réduit à être les auteurs de nos livres : il est dans l'essence des vivants de demander aux autres vivants d'être quelqu'un.

13/20 février 1975.

La pornographie

Il y a les faits et leur lecture.

Leur lecture est changeante,
et c'est cela qu'on appelle l'histoire :
je l'ai déjà dit.

Ce changement qui fait trembler les souvenirs dans la mémoire, j'en observe les effets avec méfiance, mais écrivant, je ne me souviens pas : j'écris.

Les lettres qui suivent s'éclairent l'une l'autre : elles ont paru dans la revue *Digraphe* au début de cette année 1985.

Entre la mémoire, qui leur sert de terrain, et l'écriture, il y a un rapport offensif.

Je ne sais trop comment aborder ce rapport.

Je ne sais trop parce qu'il m'échappe à l'instant même où, le percevant, il me paraît capital.

L'écriture est ce qui isole.

L'écriture est ce qui rend public.

Entre l'isolement et le public, la liaison est du genre de celle qu'on voit entre opposition et majorité :
une liaison qui ne serait pas dévoyée par le goût du pouvoir.

L'écriture s'oppose à ce qui la porte en public, et

cependant elle appelle ce public – cette publication.

Devenue publique, l'écriture n'appartient plus à l'écriture.

Elle se rappelle à elle-même à travers son lecteur.

La publication conteste l'écriture, mais c'est en la poussant vers l'au-delà de sa limite.

L'écriture conteste la publication, qui la ramène à son effacement, à son oubli.

Ce jeu d'opposition, j'y sens l'aube d'une règle, qui changerait la situation sociale par une véritable alternance.

L'opposition n'est pas une guerre : elle est une exigence.

Cette exigence est pareille au mouvement de l'altérité, qui fait de l'autre mon opposé et mon semblable.

L'écriture s'oppose à l'agressivité malade, à la prise du pouvoir, à la totalité triomphante parce qu'elle ne vit qu'en se remettant en jeu.

L'opposition est cette relance, qui fait que rien ne sera jamais acquis.

Elle rature en nous le mouvement de la mort qui toujours voudrait couvrir le mouvement de la vie.

Paris, le 2 février 1970

à Monsieur Serge Fauchereau

Monsieur,

voici la première lettre d'Urbain d'Orlhac. Pourquoi à vous ? J'ai de l'estime pour vos critiques, surtout de poésie. Par contre vos « Recettes de fabrication » d'ouvrages érotiques m'ont sans doute laissé insatisfait. Et peut-être suis-je maintenant en train de courir après une expression qui me comblerait moi-même à travers votre prétexte. Il y a un attirail érotique, c'est évident, mais pourquoi ne pas le traiter comme une *règle* ? Après tout, la recette est une grille, comme les deux quatrains et les deux tercets dans le sonnet. Et la grille invite à fuir vers le haut : d'où d'ailleurs la verticalité de ces histoires où le temps presse dans un espace étroit. Les règles exigent, elles vous poussent à l'excès. (Ici j'ai relu votre article et trouvé quelque chose qui me pique plus précisément : l'idée d'avoir pu fabriquer un produit commercial.) Oui, et le rituel initiatique, tarte à la crème du genre... Ne vous est-il jamais venu à l'esprit, en écrivant votre article, que le seul produit « littéraire » non immédiatement récupérable est celui où violence est faite au lecteur? et donc à la société? Pourquoi les œuvres qui recherchent cette violence se classent-elles presque toutes parmi les érotiques? Et leur auteur ne se fait-il pas d'abord violence à lui-même en se mettant au ban de la carrière littéraire? (Vous objecterez le pseudonyme, mais c'est également une violence faite à son nom.) Pourquoi ne pas donner cette violence-là parmi vos recettes? Une violence qui tue votre nom d'écrivain et qui vous condamne à rester en marge de l'histoire sous quelque régime que ce soit. (Je me réjouis que les fascistes brésiliens ou grecs promettent les pires châtiments à mes semblables.) Une de mes premières raisons d'écrire le *Château* fut de pervertir mon propre talent et de donner un tour dérisoire aux quelques valeurs qui m'obsèdent. Par ailleurs, n'avez-vous pas vu que le « bien écrit » dont on flatte les ouvrages érotiques, et qu'ils recherchent généralement, est une arme justement contre le *style*. Le style est une valeur bourgeoise; l'employer pour raconter des « abominations », quel plus sûr moyen de pervertir les valeurs bourgeoises? En ce sens, et à un certain moment du gaullisme, le roman érotique m'est apparu comme une arme contre la bêtise politique – la seule arme contre cette société satisfaite et puante. Voyez-vous, à droite comme à gauche, on a toujours respecté le Général, son style justement, alors que jamais on n'a écrit en France de façon plus creuse, plus vulgaire. Il m'a semblé que la seule façon de dégonfler la baudruche, c'était l'insulte, vraiment faire gicler la merde. C'est le rôle de mon chapitre X, qui donne la clé de la comédie. Mon prochain livre aurait été un pamphlet ordurier, mais l'histoire a heureusement balayé l'homme grand, et sa suite ne fait plus illusion. Il est vrai que la plupart des livres érotiques à succès ne servent qu'à distraire nos jeunes cadres ; j'avais cru au contraire, après l'échec de mai, qu'ils restaient une des formes de violence susceptibles de miner cette société. Si me voilà devenu malgré tout objet de consommation, j'espère tout de même que mon *Château* restera en travers de pas mal de gorges. Cette histoire de viol par des chiens, que je raconte au début de mon livre (après la fausse piste feuilletonnesque des deux premiers chapitres), est longtemps restée en travers de ma propre gorge : c'est la transposition des violences que nous avons faites en Algérie, du temps où Cau écrivait dans un pseudo-journal de gauche (je pense à Cau parce que son nom en provençal veut dire chien). Deux pages, ça suffit, je vous serre la main.

Urbain d'Orlhac

J'aurais voulu dire aussi que le principal critère de la « qualité érotique » me semble être la *nécessité* qui commande son écriture. Mais c'est évident !

21 octobre 1984

Mon cher Bernard,

Il y a une quinzaine d'années, vous m'aviez adressé une lettre à la suite d'un article de la *Quinzaine littéraire* : après avoir lu bon nombre de romans « érotiques », genre qui alors faisait florès, je m'étais attaché à un certain nombre de recettes de fabrication dans les thèmes, la mise en scène et même l'écriture. Cet exercice de lecture m'avait agacé, mon article était sévère pour les prétentions littéraires de beaucoup de ces livres. Comme malgré vous, je distinguais votre *Château de Cène* : « Tous les livres érotiques se ressemblent. Les trois ou quatre à ressortir de la masse n'y parviennent que parce qu'on y reconnaît la plume d'un écrivain (qui se cache derrière Urbain d'Orlhac, derrière Pauline Réage?). » Je n'avais pas lu avec suffisamment d'attention votre chapitre X où les allusions sociales, politiques sont cependant assez transparentes. Dans la réédition de 1977, votre postface « L'outrage aux mots » mettait magnifiquement les pieds dans le plat (le procès fait à la première édition en 1970 avait révélé votre nom). J'ai éprouvé le besoin de m'y reporter aujourd'hui, après une lecture d'œuvres réputées « sous le manteau », « extra-littéraires », « pornographiques », etc. de quelques poètes du XVIIe siècle. Plusieurs d'entre ces poètes ont aussi risqué des procès, voire même leur peau, pour avoir voulu bousculer l'ordre moral, social, et user de « gros mots interdits » – car, comme vous le dites, « il y a une police dans notre bouche ». Il m'apparaît que certains auraient pu dire, comme vous : « Je me disais : puisque le style est la valeur, je vais crever la valeur en lui faisant dire ce qui ne se dit pas. » Or je suis particulièrement retenu par l'une de vos phrases : « un bon écrivain, donc un écrivain inoffensif ». La société et ses institutions raisonnent ainsi, en effet, et l'école en particulier. La classe de seconde, par exemple, quand elle ne passe pas leur nom sous silence, omet de mentionner les œuvres « non respectables » de Maynard ou de Théophile de Viau. Soit, puisqu'il s'agit d'élèves de quinze ou seize ans censés être naïfs ; mais que dire quand l'omission se poursuit à l'université? Pendant longtemps, les auteurs à odeur de soufre ont été édulcorés, réduits à un ou deux clichés – a-t-on assez ressassé ce poème niais, « l'Albatros », que citait il y a deux ou trois ans un maire de Paris en l'attribuant d'ailleurs à Hugo? « Un bon écrivain, donc un écrivain inoffensif ». Croyez-vous que la réciproque serait vraie et qu'on ne nous choisirait à priori que des écrivains inoffensifs pour représenter ce qui serait bon? Dans cette société soi-disant « permissive » (permissive en quels domaines, donc? l'armement?, les religions?, les manifestations racistes?), ne pensez-vous pas que, plus que jamais, certaines choses peuvent être dites mais surtout pas écrites?

Votre ami,

Serge

le 9 novembre 1984

Mon cher Serge,

il me faut commencer par deux précisions : la lettre que vous adressa Urbain d'Orlhac est la seule qu'il ait jamais écrite, et cela doit signifier quelque chose ; remonter quinze ans plus tôt ne va pas sans embarras ni douleur pour des raisons qui apparaîtront peut-être.

C'est en mai ou juin 1969 que j'ai publié *Le château de Cène* sous le pseudonyme d'Urbain d'Orlhac : Urbain parce qu'il s'agit de mon prénom renié à la suite d'une rupture ; d'Orlhac à cause du titre de film qui poursuit le Consul dans *Au-dessous du volcan* – sauf que mon orthographe, avec un « h » qui mouille la syllabe, vient de mon pays natal. Pourquoi un pseudonyme? Je n'ai pas de réponse tranchante. Aujourd'hui je dirais que plus je suis l'auteur de mes livres et moins j'ai envie de les signer.

La place du « je » ressemble chez moi au négatif que

n'a impressionné aucune image : elle est vide. Signer est une fixation abusive qu'impose le commerce : il faut une étiquette. Je sais trop que la seule signature définitive est la mort.

La situation politique, en 1969, était très différente de celle d'aujourd'hui. Pendant que j'écrivais la fin du *Château*, de Gaulle parcourait la Bretagne. Il y a un écho de ses discours au chapitre X – de Gaulle ou l'insupportable bonne conscience française.

Si Urbain d'Orlhac vous a écrit, c'est évidemment parce qu'il fut très touché par votre article. Cette émotion lui imposait de dire quelque chose, une sorte de testament qu'il pouvait seulement suggérer. Il y a des raisons biographiques à cela. Je ne les démêle plus très bien; il faut que je tente de les éclaircir. Jusqu'au *Château*, j'étais un écrivain qui s'interdisait à peu près d'écrire. Un écrivain sans œuvre ou presque (un presque qui permettait à trois ou quatre amis de me considérer comme un écrivain). A la fin de 1968, et pour des raisons liées aux « événements », un long attachement cessa. Ce fut une insurrection intime à la fois suicidaire et libératoire.

Ce mouvement est obscur. J'en parle parce qu'il hante la lettre que vous écrivit Urbain d'Orlhac. Dans sa partie consciente, je voulais tuer « l'écrivain » en lui faisant écrire l'inavoué-inavouable; dans sa partie inconsciente, je libérais l'écrivain en levant la censure. Urbain d'Orlhac aurait voulu vous en dire plus, mais il ne le pouvait pas. En savait-il plus? j'en doute : son masque ne cachait que l'inconnu, l'écrivain qu'il n'avait pu tuer puisqu'il n'existait pas.

La publication du *Château* eut des effets contradictoires. Les rares amis qui croyaient en l'écrivain furent déçus de n'avoir couvé qu'un pornographe. Un assez grand succès fut fait à l'érotique, mais d'Orlhac ne s'en aperçut pas. Personne, malgré les poursuites très vite déclenchées, ne voulut remarquer l'aspect politique du livre. Cela me fut très cuisant.

Cependant, autre effet de 1968, je travaillais au *Dictionnaire de la Commune*, qui est l'autre face du *Château*. Comment le faire entendre ? Je crois que la violence est la forme laïque du mal. Dans le *Château*, la violence est restituée dans sa crudité à travers l'individu ; dans le *Dictionnaire*, elle est saisie à travers l'histoire. Dans les deux cas, j'affrontais l'impensable : en moi par la fiction ; dans la collectivité par le travail historique. Il était, par exemple, impensable que la bonne bourgeoisie libérale du paisible XIXᵉ siècle ait pu programmer le massacre de quelques dizaines de milliers d'habitants de la ville lumière...

En 1971, j'ai publié le *Dictionnaire de la Commune* et republié sous mon nom *Le château de Cène*. Le premier effet de cette republication fut une convocation à la préfecture de police dans les bureaux de la brigade mondaine. L'instruction, en cours depuis deux années déjà, dura encore longtemps puisque le procès pour « outrage aux mœurs » ne me conduisit devant le tribunal qu'en juillet 1973, sous Georges Pompidou et en pleine libération sexuelle.

Deux amis, Jean Frémon et Paul Otchakowsky-Laurens, s'étaient occupés de ma défense. Ils m'avaient procuré un avocat célèbre, devenu depuis ministre de la Justice. Cet avocat plaida que j'étais un « bon écrivain », bien trop difficile pour offenser les mœurs. Le juge me condamna tout de même.

Pardonnez-moi, je ne pouvais vous répondre sans me livrer d'abord à cette tentative de reconstitution. Vous voyez maintenant (mais sans doute avais-je moi-même besoin de le revoir) à partir de quoi j'ai écrit la phrase que vous avez retenue : « un bon écrivain, donc un écrivain inoffensif ».

Dès qu'un écrivain passe pour « bon », il y a du bon dans ses excès ; on peut dès lors les passer sous silence ou bien y faire allusion comme à des incartades dont il est très vite revenu. La littérature n'est pas enseignée pour le plaisir d'elle-même, mais pour le français, pour l'histoire, pour les mœurs, pour le témoignage. Elle est utilisée. L'écrivain est une citation, un morceau choisi, une récitation, un sujet, un exercice.

Je ne dis là que des banalités, mais il faut se méfier des comportements que leur banalité protège ou dissimule. La banalité est offensive, beaucoup plus offensive finalement que l'excès, qu'elle réussit toujours à normaliser. Le plaisir jusqu'ici n'a jamais eu la moindre valeur sociale : il ne figure pas à l'échange, et cela explique sans doute le caractère implacable et sexiste du pouvoir.

Le pouvoir aussi est une banalité. Il est même d'autant plus fort et prégnant qu'il se banalise et devient ordinaire. Alors, on ne s'en garde plus. Telle est d'ailleurs la réussite du pouvoir libéral : il s'identifie à l'ordre des choses. Il n'est même plus objet de soupçon. Pourtant qu'on le menace et l'implacable surgit, mais il reste impensable. Je ne crois plus à l'innocence du pouvoir depuis que je dénonce en moi l'instinct qui me pousse à y croire. Il y a, tout au fond de moi, une servilité millénaire : elle me fait peur quand je l'aperçois, et il me faut sans cesse reconquérir la volonté de l'apercevoir.

On ne choisit pas pour nous, à priori, des écrivains inoffensifs comme représentants de la bonne littérature, c'est un penchant général que de les banaliser dans l'excellence. Le penchant est même chez eux. Si la qualité, si le plaisir, si l'angoisse, si les divers composants de l'écriture devenaient des critères quotidiens, où irions-nous? Il faut que je sache cela, que j'en éprouve la nécessité, et que je ne l'accepte pas.

Que je ne l'accepte pas au moins dans une partie de ma vie : celle qui est de l'écriture.

Il y a là un mystère qui résiste, et dont l'effet principal est de me laisser insatisfait de tout ce que je fais : ce n'est pas assez. Ce ne sera jamais assez. Il ne s'agit pas de réussite littéraire au sens de perfection, mais de souffle... Est-ce bien le mot? Souffle – oui, souffle d'emportement que l'écriture du *Château* m'a pour la première fois donné à vivre comme une folie.

Un moment, j'ai été offensif.

Offensif contre moi-même, car c'est en moi d'abord que sont la contrainte, la censure, la peur.

L'offensive était menée par un mélange d'indignation et de jubilation qui soulevait ma langue – ou soulevait la langue en moi – crevant ma timidité naturelle, crevant ma servilité instinctive, violant mes précautions, mon goût, ma police, tout ce qu'il y a en moi de profondément inoffensif.

Résultat : un livre, un certain succès, un procès, puis la vision brusquement que cela même qui m'avait déchaîné travaillait à m'apprivoiser. Je devenais un « bon écrivain, donc un écrivain inoffensif ». Sans doute ne m'en suis-je aperçu qu'incidemment parce que le succès m'humiliait : il m'humiliait en continuant à refuser le sens politique dont l'indignation avait marqué mon livre. Plus tard, écrivant « L'outrage aux mots », sans doute ai-je exagéré ce sens parce que j'en avais été violemment frustré. Maintenant, je soulignerais plutôt la jubilation...

Notre société permet tout ce qui ne la dérange pas. Si

ce n'est plus tout à fait vrai aujourd'hui et s'il y a crise, c'est que l'intérêt immédiat des hommes du pouvoir est en contradiction avec les valeurs qui fondent leur pouvoir. Il leur faut, par exemple, favoriser la consommation, qui les enrichit, au détriment de la morale, qui les légitime. Pour la première fois, le pouvoir s'établit sur la confusion et non plus sur l'ordre. Il s'ensuit un mensonge généralisé, dont la langue est malade.

La permissivité actuelle autorise à tout dire parce que ce tout ne veut plus rien dire. La parole devient inoffensive par privation de sens. L'écriture connaît la même privation sous ses formes normalisées : publicité, journalisme, bestsellers, qui passent pour de l'écriture et qui n'en sont pas.

L'ancienne censure voulait rendre l'adversaire inoffensif en le privant de ses moyens d'expression ; la nouvelle – que j'ai appelée la *sensure* – vide l'expression pour la rendre inoffensive, démarche beaucoup plus radicale et moins visible.

Un bon écrivain est un écrivain sensuré.

Tout ce qui médiatise censure.

Il n'y a pas de transmission sans perte d'énergie, pas de durée, c'est la vieille loi de l'entropie.

La vie est lente, mon cher Serge, comparativement à la mort, qui tient dans un instant.

L'offensif est en nous ce contre-instant, qu'il faut toujours rallumer sans illusion.

Affectueusement,

Bernard

Le château de Cène 9
Le château de Hors 125
L'outrage aux mots 145
La pornographie 167

DU MÊME AUTEUR

Éditions P.O.L

Journal du regard
Onze romans d'œil
Treize cases du je
Le 19 octobre 1977
La Reconstitution
Portrait du Monde
L'Ombre du double
Le Syndrome de Gramsci
La Castration mentale
Le Reste du voyage
La Langue d'Anna
L'Espace du poème
Magritte
La Face de silence
La Peau et les Mots
La Maladie du sens
Romans d'un regard
Un Trajet en hiver
Les Yeux dans la couleur

Éditions Fata Morgana

Une messe blanche
Souvenirs du pâle
Le Double Jeu du tu
(en coll. Avec Jean Frémon)
D'une main obscure
Le Château de Hors
Le Tu et le Silence
Roman des postures

Lignes - Léo Scheer

Artaud et Paule
L'Enfer, dit-on
Le Retour de Sade

Éditions Flammarion - Léo Scheer

Les Premiers mots

Éditions Gallimard
Le Château de Cène
André Masson
La Chute des temps
Extraits du corps

Éditions Ryoan-Ji
(André Dimanche)
Marseille New York
Trajet de Jan Voss

Éditions Talus d'Approche
Le Sens la Sensure
La Rencontre avec Tatarka
Quelques guerres

Aux éditions Unes
Fables pour ne pas
Vers Henri Michaux
Correspondances (avec Georges Perros)
Lettres verticales

Éditions Ombres
La Maladie de la chair

Éditions Mémoire du livre
Dictionnaire de la Commune

L'IMAGINAIRE

GALLIMARD

Axée sur les constructions de l'imagination, cette collection vous invite à découvrir les textes les plus originaux des littératures romanesques française et étrangères.

Volumes parus

149. Malcolm de Chazal : *Sens-plastique.*
150. William Golding : *Chris Martin.*
151. André Pieyre de Mandiargues : *Marbre ou Les mystères d'Italie.*
152. V.S. Naipaul : *Une maison pour Monsieur Biswas.*
153. Rabindranath Tagore : *Souvenirs d'enfance.*
154. Henri Calet : *Peau d'Ours.*
155. Joseph Roth : *La fuite sans fin.*
156. Marcel Jouhandeau : *Chronique d'une passion.*
157. Truman Capote : *Les domaines hantés.*
158. Franz Kafka : *Préparatifs de noce à la campagne.*
159. Daniel Boulanger : *La rose et le reflet.*
160. T.F. Powys : *Le bon vin de M. Weston.*
161. Junichirô Tanizaki : *Le goût des orties.*
162. *En mouchant la chandelle (Nouvelles chinoises des Ming).*
163. Cesare Pavese : *La lune et les feux*, précédé de *La plage.*
164. Henri Michaux : *Un barbare en Asie.*
165. René Daumal : *La Grande Beuverie.*
166. Hector Bianciotti : *L'amour n'est pas aimé.*
167. Elizabeth Bowen : *La maison à Paris.*
168. Marguerite Duras : *L'Amante anglaise.*
169. David Shahar : *Un voyage à Ur de Chaldée.*
170. Mircea Eliade : *Noces au paradis.*
171. Armand Robin : *Le temps qu'il fait.*
172. Ernst von Salomon : *La Ville*
173. Jacques Audiberti : *Le maître de Milan.*
174. Shelby Foote : *L'enfant de la fièvre.*
175. Vladimir Nabokov : *Pnine.*

176. Georges Perros : *Papiers collés.*
177. Osamu Dazai : *Soleil couchant.*
178. William Golding : *Le Dieu scorpion.*
179. Pierre Klossowski : *Le Baphomet.*
180. A.C. Swinburne : *Lesbia Brandon.*
181. Henri Thomas : *Le promontoire.*
182. Jean Rhys : *Rive gauche.*
183. Joseph Roth : *Hôtel Savoy.*
184. Herman Melville : *Billy Budd, marin*, suivi de *Daniel Orme.*
185. Paul Morand : *Ouvert la nuit.*
186. James Hogg : *Confession du pécheur justifié.*
187. Claude Debussy : *Monsieur Croche* et autres écrits.
188. Jorge Luis Borges et Margarita Guerrero : *Le livre des êtres imaginaires.*
189. Ronald Firbank : *La Princesse artificielle*, suivi de *Mon piaffeur noir.*
190. Manuel Puig : *Le plus beau tango du monde.*
191. Philippe Beaussant : *L'archéologue.*
192. Sylvia Plath : *La cloche de détresse.*
193. Violette Leduc : *L'asphyxie.*
194. Jacques Stephen Alexis : *Romancero aux étoiles.*
195. Joseph Conrad : *Au bout du rouleau.*
196. William Goyen : *Précieuse porte.*
197. Edmond Jabès : *Le Livre des Questions*, I.
198. Joë Bousquet : *Lettres à Poisson d'Or.*
199. Eugène Dabit : *Petit-Louis.*
200. Franz Kafka : *Lettres à Milena.*
201. Pier Paolo Pasolini : *Le rêve d'une chose.*
202. Daniel Boulanger : *L'autre rive.*
203. Maurice Blanchot : *Le Très-Haut.*
204. Paul Bowles : *Après toi le déluge.*
205. Pierre Drieu la Rochelle : *Histoires déplaisantes.*
206. Vincent Van Gogh : *Lettres à son frère Théo.*
207. Thomas Bernhard : *Perturbation.*
208. Boris Pasternak : *Sauf-conduit.*
209. Giuseppe Bonaviri : *Le tailleur de la grand-rue.*
210. Jean-Loup Trassard : *Paroles de laine.*
211. Thomas Mann : *Lotte à Weimar.*
212. Pascal Quignard : *Les tablettes de buis d'Apronenia Avitia.*
213. Guillermo Cabrera Infante : *Trois tristes tigres.*

214. Edmond Jabès : *Le Livre des Questions*, II.
215. Georges Perec : *La disparition.*
216. Michel Chaillou : *Le sentiment géographique.*
217. Michel Leiris : *Le ruban au cou d'Olympia.*
218. Danilo Kiš : *Le cirque de famille.*
219. Princesse Marthe Bibesco : *Au bal avec Marcel Proust.*
220. Harry Mathews : *Conversions.*
221. Georges Perros : *Papiers collés*, II.
222. Daniel Boulanger : *Le chant du coq.*
223. David Shahar : *Le jour de la comtesse.*
224. Camilo José Cela : *La ruche.*
225. J.M.G. Le Clézio : *Le livre des fuites.*
226. Vassilis Vassilikos : *La plante.*
227. Philippe Sollers : *Drame.*
228. Guillaume Apollinaire : *Lettres à Lou.*
229. Hermann Broch : *Les somnambules.*
230. Raymond Roussel : *Locus Solus.*
231. John Dos Passos : *Milieu de siècle.*
232. Elio Vittorini : *Conversation en Sicile.*
233. Édouard Glissant : *Le quatrième siècle.*
234. Thomas De Quincey : *Les confessions d'un mangeur d'opium anglais* suivies de *Suspiria de profundis* et de *La malle-poste anglaise.*
235. Eugène Dabit : *Faubourgs de Paris.*
236. Halldor Laxness : *Le Paradis retrouvé.*
237. André Pieyre de Mandiargues : *Le Musée noir.*
238. Arthur Rimbaud : *Lettres de la vie littéraire d'Arthur Rimbaud.*
239. Henry David Thoreau : *Walden ou La vie dans les bois.*
240. Paul Morand : *L'homme pressé.*
241. Ivan Bounine : *Le calice de la vie.*
242. Henri Michaux : *Ecuador (Journal de voyage).*
243. André Breton : *Les pas perdus.*
244. Florence Delay : *L'insuccès de la fête.*
245. Pierre Klossowski : *La vocation suspendue.*
246. William Faulkner : *Descends, Moïse.*
247. Frederick Rolfe : *Don Tarquinio.*
248. Roger Vailland : *Beau Masque.*
249. Elias Canetti : *Auto-da-fé.*
250. Daniel Boulanger : *Mémoire de la ville.*
251. Julian Gloag : *Le tabernacle.*

252. Edmond Jabès : *Le Livre des Ressemblances.*
253. J.M.G. Le Clézio : *La fièvre.*
254. Peter Matthiessen : *Le léopard des neiges.*
255. Marquise Colombi : *Un mariage en province.*
256. Alexandre Vialatte : *Les fruits du Congo.*
257. Marie Susini : *Je m'appelle Anna Livia.*
258. Georges Bataille : *Le bleu du ciel.*
259. Valery Larbaud : *Jaune bleu blanc.*
260. Michel Leiris : *Biffures* (*La règle du jeu*, I).
261. Michel Leiris : *Fourbis* (*La règle du jeu*, II).
262. Marcel Jouhandeau : *Le parricide imaginaire.*
263. Marguerite Duras : *India Song.*
264. Pierre Mac Orlan : *Le tueur n° 2.*
265. Marguerite Duras : *Le théâtre de l'Amante anglaise.*
266. Pierre Drieu la Rochelle : *Beloukia.*
267. Emmanuel Bove : *Le piège.*
268. Michel Butor : *Mobile. Étude pour une représentation des États-Unis.*
269. Henri Thomas : *John Perkins* suivi de *Un scrupule.*
270. Roger Caillois : *Le fleuve Alphée.*
271. J.M.G. Le Clézio : *La guerre.*
272. Maurice Blanchot : *Thomas l'Obscur.*
273. Robert Desnos : *Le vin est tiré...*
274. Michel Leiris : *Frêle bruit* (*La règle du jeu*, IV).
275. Michel Leiris : *Fibrilles* (*La règle du jeu*, III).
276. Raymond Queneau : *Odile.*
277. Pierre Mac Orlan : *Babet de Picardie.*
278. Jacques Borel : *L'Adoration.*
279. Francis Ponge : *Le savon.*
280. D.A.F. de Sade : *Histoire secrète d'Isabelle de Bavière, Reine de France.*
281. Pierre Drieu la Rochelle : *L'homme à cheval.*
282. Paul Morand : *Milady* suivi de *Monsieur Zéro.*
283. Maurice Blanchot : *Le dernier homme.*
284. Emmanuel Bove : *Départ dans la nuit* suivi de *Non-lieu.*
285. Marcel Proust : *Pastiches et mélanges.*
286. Bernard Noël : *Le château de Cène* suivi de *Le château de Hors. L'outrage aux mots. La pornographie.*
287. Pierre Jean Jouve : *Le monde désert.*
288. Maurice Blanchot : *Au moment voulu.*

289. André Hardellet : *Le seuil du jardin.*
290. André Pieyre de Mandiargues : *L'Anglais décrit dans le château fermé.*
291. Georges Bataille : *Histoire de l'œil.*
292. Henri Thomas : *Le précepteur.*
293. Georges Perec : *W ou le souvenir d'enfance.*
294. Marguerite Yourcenar : *Feux.*
295. Jacques Audiberti : *Dimanche m'attend.*
296. Paul Morand : *Fermé la nuit.*
297. Roland Dubillard : *Olga ma vache. Les Campements. Confessions d'un fumeur de tabac français.*
298. Valery Larbaud : *Amants, heureux amants...* précédé de *Beauté, mon beau souci...* suivi de *Mon plus secret conseil.*
299. Jacques Rivière : *Aimée.*
300. Maurice Blanchot : *Celui qui ne m'accompagnait pas.*
301. Léon-Paul Fargue : *Le piéton de Paris* suivi de *D'après Paris.*
302. Joë Bousquet : *Un amour couleur de thé.*
303. Raymond Queneau : *Les enfants du limon.*
304. Marcel Schwob : *Vies imaginaires.*
305. Guillaume Apollinaire : *Le flâneur des deux rives* suivi de *Contemporains pittoresques.*
306. Arthur Adamov : *Je... Ils...*
307. Antonin Artaud : *Nouveaux écrits de Rodez.*
308. Max Jacob : *Filibuth ou La montre en or.*
309. J.M.G. Le Clézio : *Le déluge.*
310. Pierre Drieu la Rochelle : *L'homme couvert de femmes.*
311. Salvador Dali : *Journal d'un génie.*
312. D.A.F. de Sade : *Justine ou les malheurs de la vertu.*
313. Paul Nizan : *Le cheval de Troie.*
314. Pierre Klossowski : *Un si funeste désir.*
315. Paul Morand : *Les écarts amoureux.*
316. Jean Giono : *Rondeur des jours (L'eau vive I).*
317. André Hardellet : *Lourdes, lentes...*
318. Georges Perros : *Papiers collés, III.*
319. Violette Leduc : *La folie en tête.*
320. Emmanuel Berl : *Sylvia.*
321. Marc Bernard : *Pareils à des enfants...*
322. Pierre Drieu la Rochelle : *Rêveuse bourgeoisie.*
323. Eugène Delacroix : *Lettres intimes.*
324. Raymond Roussel : *Comment j'ai écrit certains de mes livres.*

325. Paul Gadenne : *L'invitation chez les Stirl.*
326. J.M.G. Le Clézio : *Voyages de l'autre côté.*
327. Gaston Chaissac : *Hippobosque au Bocage.*
328. Roger Martin du Gard : *Confidence africaine.*
329. Henri Thomas : *Le parjure.*
330. Georges Limbour : *La pie voleuse.*
331. André Gide : *Journal des faux-monnayeurs.*
332. Jean Giono : *L'oiseau bagué (L'eau vive II).*
333. Arthur Rimbaud : *Correspondance (1888-1891).*
334. Louis-René Des Forêts : *Les mendiants.*
335. Joë Bousquet : *Traduit du silence.*
336. Pierre Klossowski : *Les lois de l'hospitalité.*
337. Michel Leiris : *Langage tangage ou Ce que les mots me disent.*
338. Pablo Picasso : *Le désir attrapé par la queue.*
339. Marc Bernard : *Au-delà de l'absence.*
340. Jean Giono : *Les terrasses de l'île d'Elbe.*
341. André Breton : *Perspective cavalière.*
342. Rachilde : *La Marquise de Sade.*
343. Marcel Arland : *Terres étrangères.*
344. Paul Morand : *Tendres stocks.*
345. Paul Léautaud : *Amours.*
346. Adrienne Monnier : *Les gazettes (1923-1945).*
347. Guillaume Apollinaire : *L'Arbre à soie et autres Échos du* Mercure de France *(1917-1918).*
348. Léon-Paul Fargue : *Déjeuners de soleil.*
349. Henri Calet : *Monsieur Paul.*
350. Max Jacob : *Le terrain Bouchaballe.*
351. Violette Leduc : *La Bâtarde.*
352. Pierre Drieu la Rochelle : *La comédie de Charleroi.*
353. André Hardellet : *Le parc des Archers* suivi de *Lady Long Solo.*
354. Alfred Jarry : *L'amour en visites.*
355. Jules Supervielle : *L'Arche de Noé.*
356. Victor Segalen : *Peintures.*
357. Marcel Jouhandeau : *Monsieur Godeau intime.*
358. Roger Nimier : *Les épées.*
359. Paul Léautaud : *Le petit ami.*
360. Paul Valéry : *Lettres à quelques-uns.*
361. Guillaume Apollinaire : *Tendre comme le souvenir.*
362. J.M.G. Le Clézio : *Les Géants.*
363. Jacques Audiberti : *Les jardins et les fleuves.*

364. Louise de Vilmorin : *Histoire d'aimer.*
365. Léon-Paul Fargue : *Dîner de lune.*
366. Maurice Sachs : *La chasse à courre.*
367. Jean Grenier : *Voir Naples.*
368. Valery Larbaud : *Aux couleurs de Rome.*
369. Marcel Schwob : *Cœur double.*
370. Aragon : *Les aventures de Télémaque.*
371. Jacques Stephen Alexis : *Les arbres musiciens.*
372. André Pieyre de Mandiargues : *Porte dévergondée.*
373. Philippe Soupault : *Le nègre.*
374. Philippe Soupault : *Les dernières nuits de Paris.*
375. Michel Leiris : *Mots sans mémoire.*
376. Daniel-Henry Kahnweiler : *Entretiens avec Francis Crémieux.*
377. Jules Supervielle : *Premiers pas de l'univers.*
378. Louise de Vilmorin : *La lettre dans un taxi.*
379. Henri Michaux : *Passages.*
380. Georges Bataille : *Le Coupable* suivi de *L'Alleluiah.*
381. Aragon : *Théâtre/Roman.*
382. Paul Morand : *Tais-toi.*
383. Raymond Guérin : *La tête vide.*
384. Jean Grenier : *Inspirations méditerranéennes.*
385. Jean Tardieu : *On vient chercher Monsieur Jean.*
386. Jules Renard : *L'œil clair.*
387. Marcel Jouhandeau : *La jeunesse de Théophile.*
388. Eugène Dabit : *Villa Oasis ou Les faux bourgeois.*
389. André Beucler : *La ville anonyme.*
390. Léon-Paul Fargue : *Refuges.*
391. J.M.G. Le Clézio : *Terra Amata.*
393. Jean Giraudoux : *Les contes d'un matin.*
394. J.M.G. Le Clézio : *L'inconnu sur la terre.*
395. Jean Paulhan : *Les causes célèbres.*
396. André Pieyre de Mandiargues : *La motocyclette.*
397. Louis Guilloux : *Labyrinthe.*
398. Jean Giono : *Cœurs, passions, caractères.*
399. Pablo Picasso : *Les quatre petites filles.*
400. Clément Rosset : *Lettre sur les Chimpanzés.*
401. Louise de Vilmorin : *Le lit à colonnes.*
402. Jean Blanzat : *L'Iguane.*
403. Henry de Montherlant : *Les Bestiaires.*
404. Jean Prévost : *Les frères Bouquinquant.*

405. Paul Verlaine : *Les mémoires d'un veuf.*
406. Louis-Ferdinand Céline : *Semmelweis.*
407. Léon-Paul Fargue : *Méandres.*
408. Vladimir Maïakovski : *Lettres à Lili Brik (1917-1930).*
409. Unica Zürn : *L'Homme-Jasmin.*
410. V.S. Naipaul : *Miguel Street.*
411. Jean Schlumberger : *Le lion devenu vieux.*
412. William Faulkner : *Absalon, Absalon !*
413. Jules Romains : *Puissances de Paris.*
414. Iouri Kazakov : *La petite gare et autres nouvelles.*
415. Alexandre Vialatte : *Le fidèle Berger.*
416. Louis-René des Forêts : *Ostinato.*
417. Edith Wharton : *Chez les heureux du monde.*
418. Marguerite Duras : *Abahn Sabana David.*
419. André Hardellet : *Les chasseurs I et II.*
420. Maurice Blanchot : *L'attente l'oubli.*
421. Frederic Prokosch : *La tempête et l'écho.*
422. Violette Leduc : *La chasse à l'amour.*
423. Michel Leiris : *À cor et à cri.*
424. Clarice Lispector : *Le bâtisseur de ruines.*
425. Philippe Sollers : *Nombres.*
426. Hermann Broch : *Les Irresponsables.*
427. Jean Grenier : *Lettres d'Égypte, 1950,* suivi de *Un été au Liban.*
428. Henri Calet : *Le bouquet.*
429. Iouri Tynianov : *Le Disgracié.*
430. André Gide : *Ainsi soit-il* ou *Les jeux sont faits.*
431. Philippe Sollers : *Lois.*
432. Antonin Artaud : *Van Gogh, le suicidé de la société.*
433. André Pieyre de Mandiargues : *Sous la lame.*
434. Thomas Hardy : *Les petites ironies de la vie.*
435. Gilbert Keith Chesterton : *Le Napoléon de Notting Hill.*
436. Theodor Fontane : *Effi Briest.*
437. Bruno Schulz : *Le sanatorium au croque-mort.*
438. André Hardellet : *Oneïros* ou *La belle lurette.*
439. William Faulkner : *Si je t'oublie, Jérusalem. Les palmiers. sauvages.*
440. Charlotte Brontë : *Le professeur.*
441. Philippe Sollers : *H.*
442. Louis-Ferdinand Céline : *Ballets sans musique, sans rien*, précédé de *Secrets dans l'île* et suivi de *Progrès.*

443. Conrad Aiken : *Au-dessus de l'abysse.*
444. Jean Forton : *L'épingle du jeu.*
446. Edith Wharton : *Voyage au Maroc.*
447. Italo Svevo : *Une vie.*
448. Thomas de Quincey : *La nonne militaire d'Espagne.*
449. Anne Brontë : *Agnès Grey.*
450. Stig Dagerman : *Le serpent.*
451. August Strindberg : *Inferno.*
452. Paul Morand : *Hécate et ses chiens.*
453. Theodor Francis Powys : *Le Capitaine Patch.*
454. Salvador Dali : *La vie secrète de Salvador Dali.*
455. Edith Wharton : *Le fils et autres nouvelles.*
456. John Dos Passos : *La belle vie.*
457. Juliette Drouet : *« Mon grand petit homme... ».*
458. Michel Leiris : *Nuits sans nuit.*
459. Frederic Prokosch : *Béatrice Cenci.*
460. Leonardo Sciascia : *Les oncles de Sicile.*
461. Rabindranath Tagore : *Le Vagabond et autres histoires.*
462. Thomas de Quincey : *De l'Assassinat considéré comme un des Beaux-Arts.*
463. Jean Potocki : *Manuscrit trouvé à Saragosse.*
464. Boris Vian : *Vercoquin et le plancton.*
465. Gilbert Keith Chesterton : *Le nommé Jeudi.*
466. Iris Murdoch : *Pâques sanglantes.*
467. Rabindranath Tagore : *Le naufrage.*
468. José Maria Arguedas : *Les fleuves profonds.*
469. Truman Capote : *Les Muses parlent.*
470. Thomas Bernhard : *La cave.*
471. Ernst von Salomon : *Le destin de A.D.*
472. Gilbert Keith Chesterton : *Le Club des Métiers bizarres.*
473. Eugène Ionesco : *La photo du colonel.*
474. André Gide : *Le voyage d'Urien.*
475. Julio Cortázar : *Octaèdre.*
476. Bohumil Hrabal : *La chevelure sacrifiée.*
477. Sylvia Townsend Warner : *Une lubie de Monsieur Fortune.*
478. Jean Tardieu : *Le Professeur Frœppel.*
479. Joseph Roth : *Conte de la 1002e nuit.*
480. Kôbô Abe : *Cahier Kangourou.*
481. Rainer Maria Rilke, Boris Pasternak, Marina Tsvétaïeva : *Correspondance à trois.*

Ouvrage reproduit
par procédé photomécanique.
Impression Société Nouvelle Firmin-Didot
à Mesnil-sur-l'Estrée, le 2 février 2005.
Dépôt légal : février 2005.
1er dépôt légal : décembre 1992.
Numéro d'imprimeur : 72022.

ISBN 2-07-072846-3/Imprimé en France.

135185